Hermann Pölking: Piele Mucker und die Dinger

Bibliografische Information der Deutschen Bibliothek:
Die Deutsche Bibliothek verzeichnet
diese Publikation in der Deutschen Nationalbibliografie;
detaillierte Angaben sind im Internet über [http://dnb.dnb.de] abrufbar.

Illustrationen: Chlodwig Poth (*1930; † 2004)

Lektorat: Gabriele Dietz (www.gabriele-dietz-lektorat.de)
Satz und Layout: RAW-Design, Bremen; Rolf-Andreas Wienbeck
Druck und Bindung: Druckhaus Breyer GmbH, Diepholz

Alle Rechte vorbehalten.

Schröderscher Buchverlag
Schloßstraße 1, 49356 Diepholz
www.sb-verlag.de

Der Titel erschien im Jahr 1981 in einer ersten Auflage
im Elefanten Press Verlag, West-Berlin
ISBN 978-3-89728-401-2

Hermann Pölking

Piele Mucker und die Dinger

SCHRÖDERSCHER BUCHVERLAG
VERLAG FÜR REGIONALKULTUR
DIEPHOLZ 2024

1

Alles ist mehr als sechzig Jahre her.
Es gab nicht so viele Autos wie heute. Auf den Straßen konnten wir Ball spielen und Fahrrad fahren.
Hin und wieder störten uns nur die Pferde.
Sie zogen noch den Wagen der Post und des Milchmanns, pflügten die Äcker oder standen mit gesenktem Kopf vor der Werkstatt des Schmieds, wo sie mit neuen Hufeisen beschlagen wurden.
Einmal, als ich noch ganz klein war, habe ich ein sonderbares Fuhrwerk gesehen, einen Ackerwagen mit eisenbeschlagenen hohen Holzrädern, der mit dunkelbraunem Torf beladen war.
Auf dem Kutschbock saß ein alter Bauer. Er trug einen speckigen blauen Arbeitskittel, hohe Stiefel und hielt die Zügel nur in einer Hand.
Doch damit lenkte er keine Pferde.
Vor den Wagen waren zwei Kühe gespannt, die bedächtig mit wackelnden Köpfen den Wagen zogen.
Ich sah so etwas nur dieses eine Mal. Mutter erzählte mir, dass es das in ihrer Kindheit oft gegeben habe. Viele Höfe seien zu klein gewesen, um Pferde halten zu können. Kühe gaben Milch, konnten vor einen Ackerwagen oder Pflug gespannt werden. Und am Ende zahlte der Schlachter gut für ihr Fleisch.

Am Montag, so erinnere ich mich, war in der kleinen Stadt, in der ich lebte, immer Ferkelmarkt. Die Bauern der Umgebung kamen mit ihren Pferdewagen oder neuen Traktoren auf den Marktplatz. In großen mit Stroh gefüllten Holzkisten zappelten die Ferkel, quiekten und pressten sich aneinander. Die Bauern standen um die Kisten herum, rauchten, tranken Schnaps und handelten in einer unverständlichen Sprache mit den Viehhändlern.

Wann immer es ging, lief ich mit meinen Freunden hin, um die Ferkel zu ärgern. Dann begannen sie noch aufgeregter zu quieken, versuchten aus den Kisten zu springen und wegzulaufen. Oft musste ich dann vor den erzürnten Bauern türmen.

Und ich erinnere mich an die Schützenfestumzüge mit der Blasmusik und den Holzgewehren und an die Prozessionen über Blumenteppiche durch geschmückte Straßen an den katholischen Feiertagen.

Aber vor allem denke ich noch immer an Piele Mucker, den Schrecken meiner Kindheit.

Piele Mucker.

Er grinst mich an aus seinem Sommersprossengesicht und kommt gefährlich nahe auf mich zu, sodass ich am liebsten wie damals weglaufen würde – wüsste ich nicht, dass alles nur ein Tagtraum ist.

Er schüttelt heftig den Kopf und ich sehe seine langen roten Locken um sein Gesicht wirbeln. Er wirft den Kopf in den Nacken und geht stolz wie ein Pfau mit seinem federnden Gang von mir fort.

Nie drehte er sich nach mir um. Niemals sah ich ihn mit einer Gruppe von Freunden zusammenstehen, spielen, lachen oder herumtoben. Ich und alle anderen waren für Piele ein Nichts. Er bedachte uns wie seine gesamte Umgebung mit einem hämischen, verachtenden Blick. Von anderen erwartete er keine Hilfe und keine Freundschaft. Und er brauchte sie auch nicht. Er blieb allein. Er wollte allein sein.

Er kam aus der Mühlenstraße, und die Menschen aus der Mühlenstraße galten nicht viel in unserer Stadt. Denn sie waren anders.

2

Die Häuser in der Mühlenstraße waren alt und klein, aus Fachwerk und Lehmputz. Nicht aus Backstein, wie die hohen, weiß verputzen der Kaufleute, der Lehrer und hohen Beamten, und auch nicht in kleinen Eichen-, Buchen- und Kastanienwäldchen gelegen wie die Höfe der Bauern am Rand der Stadt.

Die Menschen aus der Mühlenstraße waren arm. Oft hatten die Männer keine Arbeit. Und in den Familien mussten viele Mäuler gestopft werden.

Auch einen Namen hatte man den Bewohnern der Mühlenstraße gegeben. Im Winter bezog die Familie des Karussellbesitzers Müller hier ihr Winterquartier. Und da man damals alle Jahrmarktbudenbesitzer »Zigeuner« nannte, beschimpfte man die Leute aus der Mühlenstraße ebenfalls als Zigeuner. »Zigeuner, Zigeuner«, haben die Kinder auch Piele oft nachgerufen, als er noch klein war.

Vielleicht hat er sich irgendwann vorgenommen, dass ihn niemand mehr so nennen dürfte? Und es wagte auch kein Gleichaltriger, ihn so zu rufen.

Die Mühlenstraße liegt an der Stadtgrenze. Hinter ihren Häuserreihen fließt der Moorbach, im Sommer ein kleines Rinnsal, das aber damals im Frühjahr, nach der Schneeschmelze im Moor, noch zu einem Fluss anschwoll und die Wiesen am oberen Ende der Mühlenstraße überschwemmte.

Vor den Häusern saßen auf weiß gestrichenen Bänken die alten Frauen, dösten in der Sommersonne, schälten Kartoffeln und passten auf die kleinen Kinder auf. Deren Mütter arbeiteten in den Küchen, die zur Straße lagen, und riefen sich aus den geöffneten Fenstern etwas zu. Sie trafen sich auf der Straße, wenn der Milchmann mit seinem Pferdewagen am oberen Ende der Mühlenstraße die Glocke schlug, dort wo der Stadtgraben vom Moorbach abzweigt und wo die alte Wassermühle liegt.

An die Männer in der Mühlenstraße erinnere ich mich kaum. Im Winter, wenn sie keine Arbeit hatten, saßen sie wohl immer in den Gasthäusern. Oder lagen in den Betten und schliefen ihren Rausch aus. Im Sommer gingen sie früh am Morgen in das Moor, wo sie in der brennenden Sonne oder im strömenden Gewitterregen Torf stachen für die Torffabriken.

So entsinne ich mich nur ihrer Stimmen und ihrer roten Gesichter, wenn sie an Sonntagabenden, nach reichlichem Genuss von Schnaps, die kleinen Jungen anfeuerten, die sich auf der Straße rauften.

Alte Männer gab es in der Mühlenstraße nicht. Die harte Arbeit und der viele Alkohol in der langen Zeit der Winterarbeitslosigkeit ließ die Männer wohl nicht alt werden.

An kein Gesicht eines Mädchens kann ich mich erinnern. Und auch nicht an ihre Stimmen oder ihre Spiele. Gab es überhaupt Mädchen in der Mühlenstraße? Es wird sie gegeben haben. Aber sie gingen nicht mit uns Jungen in dieselbe Schule – es gab noch für Mädchen und Jungen getrennte Schulen – und zum anderen verdrängt Piele Mucker jede Erinnerung an sie.

Auch die Erinnerung an die anderen Jungen der Straße ist verschwunden. Sie konnten sich mit Piele nicht messen. Und da meine Sinne und Gedanken vollkommen mit meiner Furcht vor ihm besetzt waren, habe ich diese Jungen wohl nicht wahrgenommen.
Aber ich sehe heute noch die Frauen um den Milchwagen stehen. Und Piele Mucker kommt die Straße hoch. Er ist allein und zeigt allen sein hämisches, freches Grinsen.
Dann steigt mir der Geruch der Mühlenstraße in die Nase. Und ich höre Pieles Schritte auf dem Pflaster. Und plötzlich fällt mir die ganze Geschichte wieder ein.

3

Es war an einem Sommertag. Die Sonne stand über der Mühlenstraße. Die Fenster der Küchen waren geöffnet. Hunde lagen mitten auf dem Pflaster und räkelten sich in den ersten Sonnenstrahlen.
Von der Wassermühle her konnte man einen Pferdewagen hören. Immer deutlicher wurde das stumpfe Klirren und Knirschen seiner mit Eisen beschlagenen Holzräder; nur noch wenige Augenblicke und der Milchmann würde hinter dem Haus des Landhändlers sichtbar werden, da, wo sich die Straße leicht krümmte. Als sein rotbrauner Gaul in die Straße trottete, schlug der Milchmann einige Male kräftig die Glocke und meldete so seine Ankunft. Wie jeden Morgen erschraken die Hunde, sprangen auf und kläfften.

Die Frauen hatten sich schon versammelt, ihre Blechkannen in der Hand, als der Milchmann die Mitte der Straße erreichte und sein Gaul ohne ein »Brrr« stehen blieb.

Die Tür des Hauses der Familie Mucker wurde aufgerissen und plötzlich, mit einem Satz, mit dem er die drei Stufen vor der Tür übersprang, stand Piele auf der Straße, die Schultasche in der Hand. Er drehte er sich wie ein Diskuswerfer auf der Stelle und schleuderte die Tasche wohl zehn Meter weit von sich.

Er machte ein paar Schritte rückwärts, in den Zehen federnd, rief dem Milchmann ein paar freche Worte zu, drehte sich um und stieß kräftig mit dem Fuß nach der Tasche. Sie schlitterte über die Straße. Ihre Messingschnallen scheuerten über das Pflaster und schreckten die Hunde auf. Sie winselten. Piele trat nach ihnen; dann, mit dem linken Fuß, versetzte er seiner Tasche wieder einen kräftigen Stoß.

Mit dem wird es kein gutes Ende nehmen, werden die Frauen gedacht haben, die ihm kopfschüttelnd nachsahen.

Doch Piele drehte sich nur kurz, frech grinsend, um. Er hob die Tasche auf und legte sie sich auf den Kopf. Und so wie die Frauen in Afrika ihre Krüge auf dem Kopf zur Wasserstelle tragen, so balancierte er seine Tasche. Das verlieh ihm einen irgendwie würdevollen Gang, als er auf die Einmündung der Mühlenstraße in den Klingenhagen zusteuerte, an der Gartenmauer des Landhändlers Middelkamp vorbei.

Von Norden, am oberen Ende des Klingenhagen, wo die neue Siedlung mit den einfachen Einfamilienhäusern beginnt, kamen zwei Jungen die Straße hinab. Der Kleinere, mit einem mächtigen Ranzen auf dem Rücken, redete mit heftigen Armbewegungen auf den größeren, hageren Jungen ein. Mal ging er ein paar

Schritte rückwärts, dann wieder blieb er stehen und redete wild gestikulierend weiter.

Der große Hagere, das war ich. Und der wie Rumpelstilzchen um mich herumsprang, das war mein Freund Ferdie Engel.

Wir waren auf dem Schulweg und gingen den Klingenhagen hinunter, die Straße, die geradewegs auf den Feuerwehrplatz vor dem Schulgebäude zuläuft.

Wie immer erzählte Ferdie auch an diesem Tag mit heller, heiserer Stimme, die sich vor Aufregung ständig überschlug, vom Fernsehprogramm des Vorabends. Denn Engels besaßen schon einen Fernseher. Und mit dem Fernsehen kam jeden Tag die ganze Welt über das Moor zu uns. Nur der von uns Jungen konnte in den angebrochenen neuen Zeiten noch mitreden, der in diese Welt gesehen hatte. Und Ferdie, mein bester Freund, legte sie mir jeden Morgen zu Füßen.

Zwar ging mir seine Wichtigtuerei oft auf die Nerven, aber in seinen Nacherzählungen lag doch ein großer Vorteil. Denn auf unserem Schulhof gab es nur ein Thema: die Fernseh-Helden aus der Welt hinterm Moor, die auf dem Rücken ihrer edlen Pferde, einsam, aber frei, über die Prärie ritten und Gutes taten. Zu ihnen gesellten sich blitzgescheite Hunde und alles verstehende Pferde, die so ganz anders waren als der Gaul des Milchmanns und die dösenden Köter in unseren Straßen.

Jeden Morgen bekam ich all ihre Taten nacherzählt. Und da Ferdie sie ausschmückte und meine Phantasie einiges hinzutat, spukten diese Helden durch meine Gedanken, strahlender, als sie im Fernsehapparat zu sehen waren.

Ferdie konnte auch diesmal nicht das gesamte Programm zu Ende erzählen. Ich hatte in der Phantasie gerade erst mein Ross

bestiegen, als ich mich wieder die Frage, die ich doch nie stellen wollte, aussprechen hörte:

»Ob Piele wohl schon vorbeigekommen ist?«

Piele Mucker!

Es gab Dutzende Wege zur Schule, aber irgendeine Fügung ließ es zu, dass sich unser Weg Tag für Tag mit Pieles kreuzte.

Jedes Zusammentreffen mit ihm bedeutete Gefahr. Das wussten alle Jungen der Stadt.

Denn Piele war kräftig und gewandt, wild, aufbrausend, unberechenbar, dabei schlau und einfallsreich im Aushecken aller möglichen Gemeinheiten. Und wir, mein Freund Ferdie Engel und ich, waren klein und dünn, schwach und langsam im Denken. Und konnten uns nicht mit Piele messen.

So litten wir jeden Morgen unter seinen Gemeinheiten, bekamen seine Kraft zu spüren und wurden von ihm verspottet. Wir betrachteten es schon als Glück, wenn er uns nur zwang, seine Schultasche zu schleppen. Die war schwer, denn zu Hause öffnete er sie nie. So enthielt sie jeden Tag alle seine Schulbücher und wahrscheinlich auch noch die aus dem letzten Jahr.

Weil Ferdie der Schwächere von uns war, trug er die Tasche. Doch auf halbem Wege machte er gewöhnlich schlapp, vom Gewicht und der Scham über die Demütigung geschwächt. Und Piele befahl mir, Ferdie beim Tragen zu helfen.

Ferdie sagte auch an diesem Tag kein Wort mehr. Ich begann mich zu kratzen, denn mein Rücken juckte, ein Zeichen, dass ich es mit der Angst bekam.

So näherten wir uns der Ecke Mühlenstraße und Klingenhagen. Noch konnte uns Piele nicht sehen, denn die hohe Mauer um den Garten des Landhändlers versperrte ihm die Sicht auf den

Klingenhagen. Wir hörten nur die Hunde kläffen, die flachsenden Frauen und die monotone Stimme des Milchmanns.

4

Noch wenige Schritte – und vor unseren Füßen landete Pieles Tasche.

Jeden Morgen dieselbe Frage: Was sollen wir tun? Freundlich grüßend und eine lustige Melodie pfeifend einfach weitergehen? Wegrennen? Heldenhaft und stolz Nein sagen und Pieles Schläge einstecken? Oder die Tasche lächelnd aufheben und die zweihundert Meter zur Schule tragen?

Wie immer mussten wir nicht lange überlegen. Ferdie bückte sich und sagte hastig: »Also, die Tasche trage ich dir, Piele, ist doch klar. Ich leg sie dir unter die Bank. Ich mach das schon.«

Ich bewundere noch heute, wie es Ferdi gelang, seinen Sätzen einen so selbstverständlichen Ton zu geben. Der hätte Piele an normalen Tagen auch beruhigt. Dies aber war kein normaler Tag. Piele sprang zwei, drei Schritte auf uns zu und setzte seinen Fuß auf die Tasche. Mit zu Schlitzen zusammengekniffenen Augen schaute er Ferdi und mich an. Gefährlich still war es. Ich glaubte, um Pieles Mund ein Zucken zu erkennen, das immer Schlimmes ankündigte.

Ferdie hielt es nicht mehr aus. Denn Pieles Fuß drückte seine Hände auf die Tasche. Der Schmerz wurde zu mächtig, um ihn schweigend zu ertragen und Piele nicht durch Schreien noch mehr zu reizen. Ferdie schrie. Er quiekte wie ein aufgeschreckter Wurf Ferkel auf dem Markt. Solchen Lärm mag Piele nicht, dachte ich, und ich hatte richtig gedacht.

»Schnauze!«, befahl Piele und nahm seinen Fuß ein wenig hoch. Ferdies Hände schnellten zurück. »Wagt es nicht, wagt es nie wieder, diese Tasche auch nur zu berühren«, drohte Piele.

Ich schluckte und traute mich kaum zu atmen. Wieso denn heute nicht, dachte ich. Ferdie zitterte. Was tun? Wegrennen? Weinen? Reden? Schweigen?

»Ich rühr sie nie wieder an, ehrlich, versprochen, Piele.«

Auch Ferdie verstand die Welt nicht mehr. »Wenn du nicht willst, rühren wir sie bestimmt nie mehr an.«

Ich wollte kein Schweigen aufkommen lassen und wiederholte Ferdies Versprechen. Meine Augen folgten dabei jeder Bewegung von Piele. Seine Hände griffen so schnell nach der Tasche, dass es schien, die Sommersprossen würden auf ihnen tanzen.

Ich fuhr zusammen. Mit einem Ruck aus dem Handgelenk hatte Piele die Tasche emporgeschleudert und mit dem Oberarm unter seine Achsel geklemmt. In der Tasche klapperte und schepperte es. Erst in diesem Augenblick fiel mir und wohl auch Ferdie auf, dass sie noch praller als gewöhnlich war.

Ich war ängstlich und neugierig zugleich. »Du hast heute aber mächtig viel Sachen mit«, versuchte ich ein Gespräch zu beginnen.

»Soll euch doch egal sein«, raunzte Piele mich an.

»Schon gut. Wir müssen weiter, die Schule fängt gleich an.«

Ferdie zog mich fort.

Nicht mal zwei Meter weit waren wir gekommen, da ließ ein Befehl von Piele uns erstarren.

»Halt, nicht weiter, ihr Pfeifen! Wenn ihr vorsichtig seid, dürft ihr sie wieder tragen.«

Ich glaube, ich war erleichtert. Ich sorge mich noch heute, wenn etwas Unvorhergesehenes geschieht, und Pieles neue Anweisung hatte die Dinge wieder in ihre gewohnte Bahn gebracht. Der Tag konnte seinen üblichen Verlauf nehmen.

Mit einem kurzen Nicken gab ich Ferdie ein Zeichen. Als er nicht gleich spurte, sagte ich laut und deutlich: »Los, die Tasche nehmen und dann ab!«

Piele ließ die Tasche lässig aufs Pflaster plumpsen und starrte ungeduldig in den Himmel.

Ferdie fügte sich in den alltäglichen Lauf der Dinge. Er ging zwei Meter zurück, beugte sich hinunter und fasste den Griff der Tasche.

»Ich wollte sie ja gleich nehmen«, beklagte er sich.

»Schnauze«, befahlen Piele und ich gleichzeitig, worauf Piele mir einen grimmigen Blick zuwarf.

Mit sichtlicher Anstrengung hob Ferdie die Tasche hoch. Sein Gesicht lief dabei rot an und, den Mund fast geschlossen, stöhnte er: »Mann, Piele, die ist heute aber schwer.«

Ich entschloss mich, schon mal für die Pausen und den Rückweg Punkte zu sammeln. »Klar ist die schwer. Die ist immer schwer, stimmt's, Piele?« Piele wurde ungeduldig. »Wollt ihr, dass ich zu spät zur Schule komme, ihr Pfeifen? Aber jetzt dalli! Und zack!«

»Dalli, dalli, Ferdie! Und zack!«

Die Hände in den Hosentaschen, schritt Piele uns voran. Er schwankte dabei wie ein Seemann, der nach vielen Wochen wieder festes Land betritt. Sein üblicher Gang. Den hatte er sich bei seinem Vater abgeguckt, der in Bremen im Hafen gearbeitet hatte und aller Welt den weit gereisten Seemann vorspielte. Nach der zweiten Flasche Schnaps sang er schon am Vormittag mit heiserer Stimme »In Hamburg auf St. Pauli«. Seine Frau, Pieles Mutter, erinnerte das Lied an die große Lüge, auf die sie hereingefallen war: Sie hatte bei der Hochzeit geglaubt, einen echten Seemann zu heiraten, der nur zweimal im Jahr von großer Fahrt heimkommen, Geschenke mitbringen und sie verwöhnen würde. Und nicht einen Tagedieb, dem jede Arbeit die Muße des Nichtstuns geraubt hätte. Schon gleich zu Beginn der Ehe behauptete er, die Kaffeesäcke im Hafen hätten ihm den Rücken ruiniert und er könne nicht mehr arbeiten.

Ich versuchte Pieles auffallenden Gang nachzuahmen. Doch meine Schultasche auf dem Rücken störte. Auch konnte ich nicht so weit und vor allem nicht so gezielt spucken, wie es Piele tat. Selbst wenn ich das Gefühl hatte, fast so wie er zu gehen, blieben meine Schritte doch nur ein lächerliches Stapfen.

Auch an diesem Tag gab ich meine Bemühungen schnell wieder auf.

Hinter mir stöhnte Ferdie. Pieles Tasche in der Hand, schlurfte er mit gekrümmtem Oberkörper hinter uns her. Er tippelte mit kleinen Schritten, denn die Tasche klatschte ihm mit jedem Schritt gegen das Bein.

Er jammerte: »Scheiß Tasche, die ist viel schwerer als sonst. Da sind bestimmt Steine drin. Und ich muss die Steine tragen. Was will Piele denn mit Steinen in der Schule? Der ganze Schulhof liegt voll mit Steinen. Scheiß Schule!«

Ferdies Klagen wurden immer lauter. Seine Stimme bekam einen weinerlichen Ton. Ich drehte mich nicht um. Ich wusste, dass sein Anblick mitleidige Gefühle in mir weckte. Ich hätte schwören können, dass ihm schon die Tränen herunterliefen. Nicht lange und es war so weit.

»Ich kann nicht mehr. Die Tasche ist so schwer, sie reißt mir den Arm aus. O Mann, scheiß schwere Tasche!«

Jetzt weinte Ferdie nicht mehr. Jetzt heulte er, heulte so laut, dass auch Piele es nicht mehr überhören durfte, wollte er nicht riskieren, dass wir den Respekt vor ihm verloren.

Piele blieb stehen, für zwei, drei Sekunden, ohne sich umzudrehen. Dann ging alles ganz schnell. Er warf den Kopf in den Nacken, schnellte herum und rückte einige Schritte auf Ferdie zu. Seine roten Locken fielen ihm ins Gesicht und über die zusammengekniffenen Augen. Ferdie schien wie gelähmt, während Pieles Hände nach seinem Anorak griffen.

Hier hätte der Schulweg für Ferdie erst einmal zu Ende sein können und er wäre weinend nach Hause gelaufen. Wegen Pieles Wutanfällen hatten wir des Öfteren schulfrei und Piele wurde für einige Tage vom Unterricht ausgeschlossen. Aber dieser Morgen war nicht wie jeder Morgen.

Gerade hatte Piele zugepackt und wollte Ferdie hochheben, da ließ der die Tasche fallen – heute glaube ich, Ferdie hat sie sogar ein wenig nach Piele geschleudert. Auf jeden Fall fiel sie dem vor die Füße.

Piele ließ Ferdie los. Wütend stieß er mit dem Fuß nach der Tasche. Die schlitterte über das Pflaster und schlug an den Bordstein. Die Schnallen sprangen auf. Und die Tasche entleerte ihren Inhalt.

Ferdie staunte. Ich staunte.

Was waren das für Dinger, die jetzt auf die Straße fielen, die in allen Farben des Regenbogens und in Gold und Silber, in Schwarz und Weiß schillerten? Wie Räder, die vom Wagen gesprungen waren, rollten sie zu Dutzenden über das Pflaster, stießen sich an dessen Unebenheiten und machten dann kleine Sprünge, bevor sie, sich immer flacher drehend, liegen blieben.

In der Tasche waren keine Bücher, keine Comic-Hefte, keine Butterbrote, auch keine Fußballspielersammelbilder, nicht einmal schnöde Steine, wie Ferdie in seiner einfallsarmen Vorstellungsgabe vermutet hatte, das waren ...

Ja, was war das?

Ich hatte keine Ahnung und Ferdie schaute mich nur fragend an.

Aber was es auch war, die bunten Dinger, die da lagen, zogen uns an, forderten von uns, näher zu kommen, sie zu berühren und aufzuheben.

Alle nur erdenklichen Farben hatten sie. Und beim Betrachten stellten wir fest, dass auf einigen sogar viele Farben leuchteten. Sie zeigten Muster, die sie teilten, einige gerade in der Mitte, andere in kleinere Teile mit wellenförmigen Linien.

Obwohl sie so viele unterschiedliche Muster und Farben hatten, waren sie in der Form doch alle gleich: rund, nicht ganz daumenlang und mit einem bleistiftdicken runden Loch in der Mitte. Ehrfürchtig nahm ich ein paar in die Hand. Sie waren zwar nicht so schwer wie Geldmünzen, aber auch nicht leicht wie Pappe. Sie hatten einen Kern aus schwarzer Masse. Vielleicht Plastik? Von beiden Seiten waren die Dinger mit farbigem Papier beklebt, sodass nur der schmale Rand dieser gelöcherten Scheibe den schwarzen Kern zeigte.

Nur für Sekunden konnte ich eine Scheibe durch meine Finger gleiten lassen, dann schlug Piele sie mir auch schon aus der Hand. Mit derselben Bewegung hatte er Ferdie einen Stoß versetzt, der ihn aber nicht zu Fall brachte.

»Du Idiot! Du bist doch zu dämlich.« Piele schrie nicht. Er sagte es leise, fast schon freundlich zu Ferdie. Der Anblick des prächtigen Scheibenhaufens auf dem Pflaster schien ihn zu beruhigen. Er lächelte sogar ein wenig.

Ferdie war noch immer wie gebannt. Trotz des Stoßes hatte er die Augen nicht von dem Haufen gewandt und auch sein Geschrei vergessen.

Piele kniete sich auf das Pflaster und begann langsam mit beiden Händen die Scheiben in seine Tasche zu schaufeln. Ohne eine Aufforderung hockte ich mich zu ihm und half. Ich hob die Dinger mit beiden Händen vom Boden auf. Es trieb mich, mit ihnen zu spielen. Ich hob sie empor und ließ sie langsam wie feinen Sand aus der Höhe zwischen den Händen durch in die Tasche fallen.

»Wo hast du sie her?«, fragte ich.

»Wieso?«

»Nur so.«

»Was heißt ‚nur so?' Sie sind schön …«

»Ja, das sind sie!» Piele sprach ganz sanft und verträumt, fast schon ein wenig entrückt.

»Kann ich eins bekommen?« fragte ich.

»Nein! Keiner bekommt eins, ihr nicht, die anderen nicht, keiner!« Piele war aufgesprungen und alle Sanftmut verflogen. »Und überhaupt, haltet bloß die Schnauze! Und macht schnell. Los, packt die Dinger ein und dann weiter.«

Er war wie immer.

Ferdie ließ sich schnell auf die Knie fallen und half mir. Im nächsten Moment waren wir fertig. Beide mussten wir drücken und pressen, um die Schnallen der prallen Tasche zu schließen.

»Los, nimm du sie jetzt!«, befahl mir Piele. »Aber sei vorsichtig.«

Ich stand auf, nahm die Tasche in die rechte Hand und gab Ferdie mit einer Bewegung des Kopfes zu verstehen, dass er mir zu helfen habe. Piele wartete, bis wir losgegangen waren. Dann, in gebührendem Abstand, folgte er uns.

5

Wir gingen schnell. Durch Ferdis Schwäche und Ungeschick hatten wir Zeit verloren. Nur noch wenige Minuten und die Schulglocke würde zum ersten Mal läuten. Auf dem Weg überholten uns viele Schüler auf Fahrrädern. Sie beachteten uns nicht, denn wir boten das gleiche Schauspiel wie an fast jedem Morgen.

Diese Jungen hatten es gut. Da sie außerhalb wohnten, in den Bauernschaften, die in einigen Kilometern Entfernung um die Stadt lagen, kamen sie mit dem Fahrrad zur Schule. Deshalb gerieten sie nicht an Piele. Wir Jungen aus der Stadt konnten nicht das Fahrrad nehmen, denn der Radständer hinter dem Schulgebäude war in den Pausen Pieles Machtbereich. Hier herrschte er unumschränkt und nahm alles in Besitz, was sich in seinem Reich befand. Er »lieh« sich Fahrräder aus, wenn ihm, wie so oft, nicht nach Schule war und er beschloss, den Unterricht ausfallen zu lassen und einen Ausflug in die Umgebung zu machen. Die Besitzer fanden ihr Rad in der Mühlenstraße, an einem Zaun gelehnt, wieder. Deshalb blieben unsere Räder besser zu Hause. Nur die Jungen aus den Bauernschaften trauten sich, mit Fahrrädern zur Schule zu kommen. Doch obwohl sie Piele nicht fürchten mussten, stellten sie ihre Räder nicht am Fahrradständer ab, sondern am Zaun des Feuerwehrhauses neben dem Schulhof.

Hätte mich der Inhalt von Pieles Tasche und das Geheimnis, das sie barg, nicht vollkommen eingenommen, hätte ich wie immer die Jungen beneidet, die uns jetzt überholten. Ihre Räder wurden von Piele nicht angetastet. Denn über sie wachte einer, der Piele an Macht, Einfluss und Stärke gleichwertig war.

Und das war Haschi Punte. Mit ihm legte sich Piele, wenn möglich, nicht an.

Er war anders als Piele: groß, hatte breite Schultern, war dicklich, vielleicht gar fett, hatte einen riesigen Kopf, der durch seine plattgedrückte Nase noch mächtiger erschien, und dünnes, strähniges Haar. Seine Arme hingen schlaff herunter. Überhaupt war nichts an ihm angespannt und drahtig wie bei Piele. Auch besaß er nichts von dessen Schläue und Ideenreichtum, im Gegenteil, er war nicht besonders klug, vielleicht sogar ein wenig einfältig. Aber gerade diese Einfalt, gepaart mit einer empfindungslosen Brutalität, war seine Stärke. Haschi überlegte nie. Er schlug gleich zu.

Trotzdem wäre er für Piele kein Gegner gewesen, das wussten wir alle. Wäre es zum Kampf zwischen den beiden gekommen, hätte Haschi wahrscheinlich mehr einstecken können als wir anderen Jungen. Vielleicht hätten seine langen Arme den schnellen Piele auch einmal getroffen. Aber Picle besiegen ... niemals!

Doch zu einem Kräftemessen ist es nie gekommen. Denn Haschi stand nicht allein. Haschi war Hagener und die Jungen aus der Bauernschaft Hagen hielten zusammen. Ihr Schulweg war lang. Die Wege und Landstraßen in die Stadt waren unbefestigt, bei Regen verschlammt und über weite Strecken holprig vom Kopfsteinpflaster. Wenn auf dem Weg zur Schule ein Reifen platzte oder die Kleinen im Winter mit ihren Rädern im Schneematsch stecken blieben, halfen die Jungen einander. Oft hatten sie auf dem Schulweg während eines Gewitters zusammen in den Straßengräben gehockt und sich bei Donner und Blitz gegenseitig Mut zugesprochen. Und da sie auch manche Dummheiten und Streiche zusammen ausgeheckt und vollbracht hatten, waren alle Jungen vom Hagen dicke Freunde.

Hinzu kam ihr Stolz. Ihre Familien besaßen die schönsten Bauernhöfe, rote Ziegelhäuser, Scheunen und Ställe unter dem Laubdach junger Eichen und alte Buchenalleen an den Zuwegen. Früh mussten die Hagener Kinder auf den Höfen mit anfassen. Sie lernten, Pferde anzuspannen, Traktor zu fahren, Kühe zu melken und liefen nicht nur einmal vor den gefährlich schnaubenden Bullen davon. Die Jungen vom Hagen waren selbstbewusst – und keiner von ihnen war auf sich allein gestellt.

Haschi Punte war ihr Anführer. Die Puntes besaßen nicht den größten Hof, aber ihre Familie hatte in jeder Generation viele Mitglieder. Dadurch nahmen sie in der Hagener Gemeinschaft eine wichtige Stellung ein. Seine Position als Anführer der Jungen hatte Haschi von einem älteren Bruder geerbt. Und da sie in der Hauptsache darin bestand, in vorderster Front die Hagener gegen Piele Mucker zu verteidigen, überließen ihm die anderen auch gern seine Stellung. Doch sie würden ihn nicht im Stich lassen. Das wusste Haschi – und das wusste Piele.

Ich haderte damals jeden Tag mit der Ungerechtigkeit der Umstände, die mir einen gemeinsamen Schulweg mit Piele beschert hatten.

Doch an diesem Tag war alles anders. Ferdie und ich trugen ein Geheimnis, von dem keiner der anderen Jungen etwas ahnte. Da störte die schwere Tasche nicht. Und auch nicht die wenig mitleidigen, vielleicht sogar spöttischen Blicke der Klassenkameraden oder die frechen Rufe der Hagener, die jetzt auf ihren Rädern von der anderen Seite auf den Platz vor der Schule einbogen.

6

Haschi Punte fuhr in der Mitte der Gruppe. Mit der rechten Hand krallte er sich an einem anderen Jungen fest und ließ sich von ihm ziehen. Vor einigen Wochen war ihm die Kette vom Rad gesprungen. Bei der Gelegenheit hatte er entdeckt, dass diese Art des Fahrens einen Auftritt ermöglichte, der dem täglichen Erscheinen Pieles vor der Schule ebenbürtig war.

Auch heute würden, wie fast jeden Tag, beide Gruppen – Ferdie und ich im Gefolge von Piele, und die Hagener, geführt von Haschi Punte – zur gleichen Zeit vor der Schule eintreffen. Dann würden die Hagener, wie Gesetzlose in einem Western, grimmig entschlossen über den Schulhof schreiten und geradewegs auf den Eingang zugehen, bereit für die erste der vielen täglichen Machtproben mit Piele.

Denn Piele stand gewöhnlich bereits auf dem Treppenabsatz und erwartete sie dort, nicht gewillt, auch nur einen Zentimeter Platz zu machen. Und auch die Hagener würden nicht einen Schritt von ihrem Weg abweichen wollen.

Und so standen sie sich dann gegenüber.

Nichts würde passieren, bis die Schulglocke zum zweiten und letzten Mal schlug und Piele sich langsam, sehr langsam umdrehte, noch einmal ausspuckte und in der Schule verschwand.

»Piele, nach dir«, rief Haschi dann, wenn die Tür sich hinter Piele schloss, und seine Jungen grinsten und riefen triumphierend: »Nach dir, Piele, immer schön nach dir!«

So verlor niemand das Gesicht und das Gleichgewicht der Macht blieb bestehen.

Heute war es anders. Piele blieb nicht auf der Treppe stehen. Er folgte Ferdie und mir, ohne abzuwarten, dass Haschi und seine Leute vom Zaun des Feuerwehrhauses herüberkamen. Im Klassenzimmer kontrollierte er, ob wir seine Tasche ordentlich unter seiner Bank verstauten.

Jetzt hockte er an seinem Tisch und beobachtete Ferdie und mich. Wir hatten unsere Plätze in der ersten Reihe eingenommen und flüsterten miteinander, immer zu Piele hinüberschielend.

»Was ist das, was er da in der Tasche hat?«, fragte Ferdi.

»Ich weiß es nicht. Ich hab so was noch nie gesehen. Aber ganz schön schwer waren die Dinger, nicht?«

»Aber es ist bestimmt kein Eisen. Oben und unten drauf ist Papier geklebt. Kein Mensch klebt Papier auf Eisen!«

»Egal, was es ist, es sieht klasse aus!«

Ferdie nickte und presste seine Lippen aufeinander. Er hatte dabei wieder dieses Leuchten in den Augen, wie beim ersten Anblick der Dinger auf dem Straßenpflaster. Wir mussten uns einfach umdrehen und auf die Tasche unter Pieles Bank starren. Unsere Blicke trafen sich mit Pieles. Und die Blitze aus seinen Augen hätten uns durchbohrt, hätten wir uns nicht augenblicklich wieder abgewandt.

In diesem Moment betrat Frau Bootmann das Klassenzimmer. Sie war eine Furcht einflößende Lehrperson, für uns Schüler irgendwie alterslos, nicht mehr jung, aber auch noch nicht alt. Seit den letzten Jahren des Krieges, hatte meine Mutter erzählt, als ihr Mann in Kurland gefallen war, habe niemand sie mehr freundlich erlebt oder gar lachen gesehen.

Auch an diesem Morgen nicht. Wir besuchten die katholische Jungenschule unserer Stadt. Noch bevor wir aufgesprungen waren, begann die Bootmann das Morgengebet. Wir schlugen ein Kreuzzeichen und fielen murmelnd in ihr Gebet ein.

Mir würde die Religionsstunde lang, sehr lang werden, das ahnte ich. Aber sie wurde zur Qual. Denn in die absolute Stille, die Frau Bootmann im Klassenraum durchsetzte, drang ein stetiges Geräusch. Es kam aus der letzten Reihe, von dem Tisch am Fenster, an dem Piele ganz allein saß. Und dort öffnete er in dem Fach unter seiner Schulbank die ganze Stunde über die Verschlüsse seiner Tasche, schloss sie wieder, öffnete, schloss sie. Hätten wir uns getraut, einen Blick nach hinten zu werfen, hätten wir seine feuerroten Haare, sein mit großen Sommersprossen getupftes Gesicht und darin ein breites Grinsen gesehen.

Piele spürte unsere unerträgliche Neugier.

Doch der Respekt vor der strengen Frau Bootmann, den ihr nur Piele nicht zollte – womit sich die Bootmann abgefunden hatte, auch weil sie aufgegeben hatte, ihn nützliche Dinge lehren zu wollen, und froh war, wenn er den Unterricht durch Fernbleiben nicht störte –, dieser Respekt zwang unsere Blicke auf die Seiten des Katechismus, fort von Pieles Tasche und ihrem geheimen Schatz.

Die Religionsstunde kroch dahin. Fünf eintönige Merksätze des Katechismus, an die ich mich heute nicht mehr erinnern kann. Woran ich auch dachte, alles nahm die Farben des Regenbogens an, eine runde Form, mit einem Loch in der Mitte, und die Scheiben rollten über das Straßenpflaster, sprangen auf und ab, um sich dann kreisend, langsam, ganz langsam, zu Boden zu fallen. Meine Hände gruben sich in diesen Schatz. Ich hob die Dinger empor, ließ sie zwischen den Händen wieder hinabfallen und tauchte mit dem Kopf hinein.

7

Die Schulglocke läutete. Ich schreckte aus meinem Tagtraum auf. Die Klassentür war aufgerissen worden. Die ersten Jungen stürmten die Gänge und Treppen hinunter auf den Schulhof.

Ferdie und ich gehörten gewöhnlich zu den Ersten. Wenigstens in den Pausen wollten wir weit weg sein von Piele. Doch heute hatten wir viel, viel Zeit.

Frau Bootmann ließ noch von Thomas Corths, dem Sohn des Buchhändlers und ihr besonderer Liebling, die Tafel putzen, notierte etwas im Klassenbuch, erhob sich dann und wartete an der Tür auf Piele, der gewöhnlich keine Extraaufforderung zum Verlassen des Klassenzimmers benötigte.

Frau Bootmann schaute erst mich, dann Ferdie streng an. Einer dieser Blicke genügte und wir huschten an ihr vorbei auf den Flur.

Und warteten auf Piele. Gleich nach uns kam er aus dem Klassenzimmer, seine Schultasche unter dem Arm. Frau Bootmann ließ Piele wissen, dass dies erst die erste Schulstunde gewesen und der Unterricht erst nach drei weiteren Stunden zu Ende sei. Er murmelte etwas Unverständliches und ging an uns vorbei.

Bedächtig stieg er die Treppen hinab und verschwand in einer Nische am Getränkestand, an dem der Hausmeister in den großen Pausen warme Milch und warmen Kakao verkaufte. Die Getränkeausgabe war neben dem Fahrradstand Pieles zweiter Stammplatz, den er sonst aber nur bei Regen und Schnee aufsuchte. Ferdie und ich folgten ihm mit etwas Abstand. Lässig und scheinbar gelangweilt, stellten wir uns an den in der ersten Pause noch nicht geöffneten Kakaostand und taten, als sähen wir Piele nicht.

Ferdie flüsterte: »Frag ihn noch mal, was das in der Tasche ist.«
»Wieso ich? Frag du doch!« Ich war ungehalten. Heute war Ferdie wieder eine Plage. »Du bist älter und größer bist du auch!«
»Das zählt nicht. Ich bin nur fünf Wochen älter. Und die Größe bedeutet gar nichts.«

Ferdie wollte noch ein paar Argumente anbringen. Aber jetzt hatte Piele die Tasche geöffnet, suchte Dinger in verschiedenen Farben heraus und verschloss sie wieder. Er steckte die kleinen bunten Scheiben in seine rechte Hosentasche, nahm dann wieder einzelne in die Hand und begann mit ihnen zu spielen. Sie glitten durch seine Finger, dann steckte er sie wieder in seine Hosentasche und ließ sie darin klacken.

Ich hielt es nicht mehr aus.

»Was ist das, Piele? Kann ich mal kurz eins haben? Du bekommst es gleich zurück.« Ich war zwei, drei Schritte auf ihn zugegangen.

»Kein Stück kriegst du, haut ab!«

Ich bettelte. »Nur eins und nur ganz kurz, bitte.«

Ferdie war mir gefolgt und stand jetzt hinter mir. »Wenn du uns eins gibst, sagen wir keinem, was du da hast«, schlug er Piele vor.

Sofort wusste ich, dass mit diesem Angebot eine Grenze überschritten war. Ich wurde von einer Hand gepackt, zur Seite gedrückt und nahm noch taumelnd wahr, wie Ferdie von einem kräftigen Stoß umgeworfen wurde. Dabei fielen Piele einige Dinger aus den Händen. Sie rollten über den Boden. Eines glitt durch das Rost des Fußabtreters an der Eingangstür.

Hatte Piele das gemerkt? Vielleicht nicht! Hastig bückte ich mich, hob alle anderen auf und gab sie ihm. Er nahm sie huldvoll entgegen und steckte sie in die Tasche. In diesem Moment läutete die Schulglocke und er stieg die Treppe zum ersten Stock hinauf.

Über den Rost stürmten Jungen von der Pause herein. Ich musste warten, bis sie in ihren Klassenzimmern verschwunden waren.

Ferdie hatte sich wieder aufgerappelt. Mir fiel auf, dass er nicht weinte. Ich brachte das mit dem Geheimnis in Pieles Tasche in Zusammenhang. Mir dämmerte, dass Ferdie für den Besitz auch nur eines dieser Dinger einiges in Kauf nehmen würde.

Alle Schüler, auch die älteren, die sich immer besonders viel Zeit ließen, waren jetzt in ihren Klassenzimmern. Langsam wurde es auch für uns Zeit. In der nächsten Stunde hatten wir Rechnen, eine Unterrichtsstunde, zu der die Bootmann immer besonders pünktlich erschien.

Ich traute Ferdie nicht. Hatte er vielleicht auch bemerkt, wie eines der Dinger durch den Rost gefallen war? Warum stand er sonst noch hier? Aber vielleicht wartete er nur wie gewöhnlich auf mich, wie es sich für einen guten Freund gehörte.

Es läutete zum zweiten Mal. Ich konnte nicht mehr warten.

»Komm, hilf mir«, forderte ich Ferdie auf und kniete mich neben den Rost. »Wir müssen ihn hochheben.«

»Warum?«

»Frag nicht, beeil dich lieber. Du wirst es gleich sehen!«

Ferdie ging in die Knie und zog mit mir zusammen am Rost. Er hatte das Ding, klein und rot, entdeckt, sein strahlendes Gesicht verriet es. Aber alles Ziehen half nichts. Der Rost ließ sich nicht bewegen.

Da lag das bunte Ding, nur Zentimeter von uns getrennt, aber unerreichbar. Ich versuchte zwei Finger durch das Gitter zu stecken, aber die Öffnungen waren zu klein. Und mit nur einem Finger konnte ich es nicht hochziehen.

Es muss mir im gleichen Augenblick wie Ferdi eingefallen sein. Ohne dass wir ein Wort wechselten, machte ich ihm Platz. Ferdie

steckte seine viel schmaleren Finger durch das Gitter. Zwei, drei Versuche benötigte er, dann hielt er die Scheibe zwischen zwei Fingern und zog sie behutsam heraus. Sie ging gerade so hindurch. Wie hatte sie nur hineinrutschen können?

Ferdie legte das Ding auf seine Handfläche und schaute es sich bedächtig an. Auffordernd streckte ich ihm meine Hand entgegen. Doch Ferdie dachte nicht daran, es mir zu geben. Er schloss seine Hand zur Faust, boxte mich beiseite und stürmte an mir vorbei die Treppe hoch.

Ich war so überrascht, dass ich ihn, als ich seine Gemeinheit begriffen hatte, nicht mehr einholen konnte, obwohl ich mit meinen längeren Beinen drei Stufen auf einmal nahm. Unter dem Arm von Frau Bootmann hindurch, die an der offenen Tür stand, huschte er ins Klassenzimmer.

Mich hielt Frau Bootmann an der Tür fest. Ich durfte mich gar nicht erst auf meinen Platz setzen und musste gleich an die Tafel und die Hausaufgaben vorrechnen.

Ich konnte meine Wut kaum unterdrücken. Ferdie, dieser Wicht! Der konnte was erleben! Der sollte dieses Tages nicht mehr froh werden, schwor ich, während ich die Zahlen an die Tafel schrieb. Ich heckte fürchterliche Rachepläne aus. So benötigte ich mehr Zeit fürs Rechnen als gewöhnlich. Der Bootmann fiel meine Zerstreutheit auf. Sie ließ mich alle Hausaufgaben vorrechnen.

Doch die Zeit der Rache kam. Beim Setzen trat ich Ferdie vor das rechte Schienbein, drückte ihm meinen Ellenbogen in die Rippen und quetschte die Zehen seines rechten Fußes unter ein Stuhlbein. Ferdie biss die Zähne zusammen.

»Gib es mir!«, flüsterte ich.

»Nein, es ist meins!«, giftete er.

Ich verlagerte mein ganzes Körpergewicht auf das eine

Stuhlbein und stieß meinen Ellenbogen erneut in seine Rippen. Tränen liefen über Ferdies Wangen. Aber er schwieg.

»Gib es mir oder du kriegst noch mehr«, flüsterte ich.

In den Augenblicken größter Gefahr hat man oft die besten Einfälle. Plötzlich sind sie da, unvermittelt, ohne angestrengtes Nachdenken. Man ist über ihre verblüffende Einfachheit selber so überrascht, dass man zögert, sie sofort in die Tat umzusetzen. Ferdie muss damals so einen Augenblick gehabt haben. Der Schmerz raubte ihm fast den Verstand. Da kam ihm die Idee: Er hatte Unrecht getan und seinen besten Freund übertölpelt. Aber eben dieser Freund hatte Minuten vorher auch ein solches Unrecht begangen und dem gefährlichen, skrupellosen Piele Mucker einen Teil seines Schatzes stehlen wollen.

»Wenn du nicht sofort aufhörst, sage ich in der Pause Piele, dass du ihm ein Ding stehlen wolltest. Ich gebe es ihm zurück und sage, ich habe es für ihn aufbewahrt.«

Diese Erpressung war teuflisch, aber sie funktionierte. Den Rest der Stunde zwang sie mich in ein tiefes Grübeln, das auch unter größten Anstrengungen kein Ergebnis hervorbrachte. Das Ding war für mich verloren. Würde ich es Ferdi abnehmen, dann hätte ich von Piele Prügel bekommen.

8

Für den Rest des Tages trennten sich Ferdies und meine Wege. In der großen Pause schlich ich, immer mit einigen Metern Abstand, um Piele herum. Ich beobachtete, wie er auf dem Fahrradständer saß, die Tasche zwischen seinen Beinen. Er ordnete seine Dinger, indem er sie auf dünnes Packband aufzog.

Mein Verhalten musste jedem seltsam vorkommen. Sonst hielt ich mich von Piele fern. Die Klassenkameraden wurden durch mein ungewöhnliches Verhalten auf Pieles Geschäftigkeit aufmerksam. Sie standen betont unauffällig in einiger Entfernung vom Fahrradständer zusammen und versuchten zu erspähen, was Piele trieb. Ganz offensichtlich störte ihn das Herumgestehe und Gegucke. Kamen die Neugierigen ihm zu nah, erhob er sich langsam, sehr langsam, und ging einige Schritte auf sie zu. Für kurze Zeit entfernten sich die Gaffer dann vom Fahrradstand.

Auch Haschi Punte und seine Hagener Jungen hatten meine Neugier und Pieles neues inniges Verhältnis zu seiner Schultasche bemerkt. Niemals hätten sie die ungeschriebenen und unausgesprochenen Vereinbarungen mit Piele gebrochen und sich auf sein Gebiet gewagt. Aber sie hatten einen Kreis von Vertrauten um sich geschart. Es waren Jungen aus den anderen Bauernschaften, die ihre Fahrräder unter den Schutz der Hagener gestellt hatten. Die mischten sich unter die größer werdende Gruppe von Neugierigen. Immer mehr Jungen beobachteten Piele mit etwas Abstand und rätselten über seine eigenartige Beschäftigung.

Haschis Kundschafter erfuhren nichts. Sie konnten ihm nur die widersprüchlichen Vermutungen und Gerüchte mitteilen, die aufkamen und vergingen und alle unglaubhaft klangen.

Haschi war unzufrieden mit den Nachrichten, die ihm überbracht wurden, und sandte seine Kundschafter immer wieder aus. Der Einzige, der schon etwas zu berichten gehabt hätte, verzog sich gleich zu Beginn der Pause in den letzten Winkel des Schulhofs. Hier untersuchte er das Ding genau. Ferdie achtete darauf, es nicht zu beschädigen. Mit dem Schullineal maß er den

Durchmesser der Scheibe, ihre Dicke und die Größe des Lochs in ihrer Mitte. Da er außer mir keinen Freund hatte – und ich ihm meine Freundschaft auf ewige Zeiten gekündigt hatte –, war er bei dieser Tätigkeit vollkommen ungestört. Weder die Gruppe der Gaffer noch Haschis Hagener ahnten, wer die Antwort auf ihre neugierigen Fragen in den Händen hielt.

Gegen Ende der Pause sprach mich einer von Haschis Kundschaftern an, ein Junge aus der Klasse unter uns.
»Was macht Piele da?«
»Woher soll ich das wissen?«
»Wer soll es denn sonst wissen?«
»Ich weiß es nicht und Piele würde es mir auch nie erzählen. Er erzählt überhaupt niemandem was, das weiß doch jeder!«
»Aber Haschi will es wissen!«
»Dann soll er doch Piele fragen.« Ich beendete das Gespräch und ging, um den Frager loszuwerden, ein paar Schritte in Richtung Fahrradständer. Meine Antworten waren ziemlich mutig gewesen. Haschi ließ sich so wenig Entgegenkommen eigentlich nie gefallen. Aber ich hatte während des kurzen Gesprächs Piele fest angeschaut. Er musste bemerkt haben, dass bei mir Auskünfte eingeholt werden sollten.

Durch mein Schweigen erhoffte ich mir Pieles Wohlwollen. Meine Erwartungen sollten erfüllt werden. Als ich einige Schritte auf ihn zuging, verscheuchte er mich nicht.

Die Pausenglocke läutete. Gemächlich schlenderte ich über den Hof zurück zur Schultür.

Vor der Tür wartete Haschi. Lässig an die Hauswand gelehnt, musterte er mich kaugummikauend von oben herab und schaute dann langsam und grinsend zu seinen Hagenern hinüber.

Mein Herz schlug schneller. Ein Kloß steckte in meinem Hals. Mir wurde heiß und dann kalt, Schweiß trat mir auf die Stirn und meine Füße setzten sich nur langsam voreinander.

Haschi richtete sich auf. Seine Jungen nahmen eine gespannte Haltung an und ballten die Hände zu Fäusten. Ich sah auf ihre Fäuste und dann in Haschis breites Gesicht. Ich verlangsamte meine Schritte noch mehr. Doch die Hagener kamen mir entgegen. Ich hatte Angst. Tränen traten in meine Augen und in ihnen verschwammen Haschi, seine Jungen und die Eingangstür zu einer blinden, milchglasähnlichen Fläche. Dann wurde mir übel.

Plötzlich packte mich jemand am Oberarm und zog mich fort. Meine Füße stießen an die unterste Stufe der Treppe, ich stolperte sie hoch, wurde durch die Tür gedrückt und stand in der Schule vor dem Kakaostand. »Alles klar?«, war Pieles kurze Frage. Dann sprang er mit kurzen Sätzen die Treppe hoch, drehte sich auf dem Treppenabsatz noch einmal um und forderte mich mit einer knappen Kopfbewegung auf, ihm zu folgen.

Eine unbekannte Leichtigkeit war plötzlich in mir. So schnell war ich nie zuvor die Treppe hochgestürmt. Hinter Piele stürzte ich ins Klassenzimmer und ließ mich grinsend auf meinen Stuhl fallen. Als ich mich zu Piele umblickte, blinzelte er mir zu.

Die zwei Stunden Unterricht vergingen wie im Flug. Ich streckte mich lang über die Schulbank, legte meinen Kopf zwischen die verschränkten Arme und träumte … Der ganze Pausenhof lag voll mit Pieles Dingern. Ein Lastwagenkipper nach dem anderen fuhr vor und lud sie ab. Die Dinger rutschten von der Ladefläche. Einige fielen so, dass sie ins Rollen kamen, über den ganzen Schulhof hinweg, durch die Büsche und die Löcher des Zauns in den Moorbach. Die ersten ertranken darin, die unzähligen, die ihnen folgten, schütteten ihn wie ein Erdrutsch zu, sodass der Bach zuletzt aussah wie eine regennasse Straße, übersät mit großem Konfetti. In diesem farbenprächtigen Meer aus Dingern tobten Piele und ich herum. Wir beschmissen uns und tauchten unter, wie Dagobert Duck in seinen Goldtalern. Oben, im ersten Stock hinter einem Fenster unseres Klassenzimmers, stand Ferdie. In der Hand hielt er sein einziges rotes Ding und schaute traurig zu, wie Piele und ich badeten. Ich lachte ihn aus, schnitt Grimassen und rief ihm einige Gemeinheiten zu, bis ... bis ich einen leichten Schlag auf den Hinterkopf erhielt und Frau Bootmann mir befahl, mich ordentlich hinzusetzen. Aber da war der Unterricht für heute auch schon vorbei.

Die Klasse leerte sich in kurzer Zeit bis auf Piele, Ferdie und mich. Piele zog die Tasche unter dem Tisch hervor, stellte sie darauf und kontrollierte die Verschlüsse. Er ließ sich auffällig viel Zeit. Misstrauisch und missmutig stand Ferdie an der Tür und beobachtete mich. Ich wusste, was zu tun war. Triumphierend drehte ich mich noch einmal zu Ferdie um, dann nahm ich Pieles Tasche und ging grußlos an meinem früheren Freund vorbei in den Flur. Piele folgte mir.

Sicher hat es Piele nicht interessiert, warum mein Freund nicht mehr an meiner Seite war. Da er von meinen Muskeln mehr hielt als von Ferdies, wird es ihm egal gewesen sein.

Vor der Schule warteten Haschi und seine Jungen auf ihren Fahrrädern. Auch jetzt bot sich ihnen keine Gelegenheit, an mich heranzukommen. Sie erkannten Pieles Tasche in meiner Hand. Und die war wie ein Schutzschild. Kurz nach mir trat auch Piele auf den Hof, holte mich ein und ging schweigend neben mir. Das hatte er noch nie getan. Haschi war damit klar, dass ich unter Pieles Schutz stand. Er krallte sich an der Jacke eines Hagener

Jungen fest, der fuhr los und Haschi ließ sich schweigend zum elterlichen Hof ziehen. Er würde schon noch herausbekommen, was sich da Neues tat.

9

Piele und ich gingen den Klingenhagen hoch. Wir bogen in die Mühlenstraße ein und wurden wie immer von den kläffenden Straßenkötern empfangen, die sich ihre mittäglichen Tritte von Piele abholen wollten. Nur hatte der heute keine Zeit für sie, sodass sie sich mir gefährlich näherten. Aus den Küchen der Häuser roch es nach den verschiedensten Eintöpfen, die es bei den meisten Familien der Stadt fast täglich gab.

Noch nie war ich ohne die Begleitung meiner Eltern durch die Mühlenstraße gegangen. Überall lauerten dort Gefahren. Da waren die halbwilden Hunde, von der manche Familie gleich mehrere hielt, die betrunkenen Männer, die aus dem Fenster lehnten und krakeelten, der Lärm aus den Küchen, wo die Frauen mit den Kindern, die Großmütter mit den Müttern schimpften.

Und da saß gewöhnlich Piele Mucker, wenn er nicht gerade in der Gegend umherstreifte, auf den Stufen vor seinem Elternhaus, hielt seinen Kopf in die Sonne, schnitzte an einem Stock oder warf nach allem, was sich bewegte, mit den Kieseln, die auf dem Gehweg lagen.

Jetzt, als ich neben Piele ging und glaubte, fast schon zu dieser Straße zu gehören, gefiel mir alles hier. Ich grüßte die Menschen, die Piele grüßten und deren Gruß er nie erwiderte. Ich versuchte diejenigen frech anzulachen, die Piele im Vorübergehen auslachte, und schlug den kleinen Jungen gönnerisch auf die Schultern, denen Piele kurz zuvor mit seinem Klapps schon fast die Schulter ausgerenkt hatte.

Ich konnte nicht pfeifen. Aber die Melodie, die Piele nun pfiff, trällerte ich nach, machte einige Zwischenschritte, wie ich es bei den marschierenden Kolonnen des Schützenfestumzugs gesehen hatte, und ging mit Piele im Gleichschritt bis vor sein Haus. Hier stellte ich die Taschen auf die Stufen, trat zwei Schritte zurück und wartete. Meine Erwartung wurde erfüllt.

Immer noch ohne ein Wort gesprochen zu haben, öffnete Piele die Tasche. Er wühlte darin herum und warf mir ein besonders schönes Ding zu. Es war bronzefarben mit schwarzen Streifen. Ich fing es mit einer Hand. Dies Kunststück war mir noch nie gelungen. Ich steckte das Ding hastig in die Brusttasche meines Hemds und rannte die Straße hoch. Die Hunde sprangen wieder auf. Sie schnappten nach meinen Beinen und verfolgten mich bis vor das Middelkampsche Haus an der Ecke zum Klingenhagen. Ich stürmte an Ferdie vorbei, der hinter der Hausecke versteckt neugierig in die Mühlenstraße gelugt hatte. Ich rannte, bis mir die Lungen schmerzten, und kam erst zu Hause am Küchentisch wieder zur Besinnung. Ich lachte und die ganze Familie fiel in mein Lachen ein, ohne die Gründe zu kennen.

Ja, einen guten Tag hatte ich in der Schule, bestätigte ich meiner Mutter. Nein, keine guten Zensuren, nur so sei er gut gewesen.

Denn dass mich Piele vor Haschi Punte beschützt hatte, ich seine Tasche, neben ihm gehend, bis vor sein Haus tragen durfte und er mir dort etwas Unbekanntes, Seltsames geschenkt hatte, konnte ich ihr nicht erzählen. Sie hätte nichts verstanden.

Nach dem Essen verkroch ich mich auf mein Zimmer. Ich zog das Ding, diese eigenartig schöne Scheibe, aus meiner Hemdtasche und untersuchte sie genau, ohne sie zu beschädigen. Doch mir brachte die Untersuchung nur die genauen Maße ein und die sichere Erkenntnis, dass ich nicht wusste, wozu sie nützlich sein konnte.

Ferdi tauchte den ganzen Nachmittag über nicht bei mir auf und ich verspürte ebenfalls keine Lust, ihn aufzusuchen.

10

Am nächsten Morgen stand er nicht an unserem Treffpunkt am unteren Ende der Siedlung. Zwar war ich einige Minuten zu früh. Trotzdem schwante mir, dass etwas nicht stimmte. Je mehr ich grübelte, desto sicherer wurde ich mir. Ferdie hatte dieselbe Idee wie ich.

Ich begann zu laufen, an den Vorgärten des Klingenhagen vorbei, sprang über die Eisenstangen, die vor der Schmiedewerkstatt von Lübbe lagen, und entschloss mich, die Abkürzung durch den Garten des Eckgrundstücks zu nehmen. Bei Middelkamps waren zu meinem Glück noch die Rollläden heruntergelassen. Ich sprang über den niedrigen Vorgartenzaun, lief über den Rasen am Haus unter den Kirschbäumen entlang. Mit kleinen Sprüngen setzte ich über die Beete, zog mich mit beiden Händen an der Mauer hoch und schaute in die Mühlenstraße.

Tatsächlich! Vor den Stufen des Hauses der Muckers stand andächtig Ferdie und wartete auf Piele.

Als er mich über die Mauer lugen sah, erschrak er, zuckte kurz zusammen und wich einige Schritte zurück. Doch als ich nach dem Sprung von der Mauer und einem kurzen Spurt vor ihm stand, hatte er sich schon wieder gefangen.

»Was machst du hier?«, schrie ich.

»Was machst du hier?«, fragte er trotzig zurück.

Ich log. »Piele hat mich herbestellt. Er kann doch die schwere Tasche nicht allein tragen.«

»Das glaube ich dir nicht.«

Ferdie war nicht so leicht loszuwerden. Ich ging noch ein paar Schritte auf ihn zu, stand nun auf eine Armlänge vor ihm und versuchte es mit Einschüchterung.

»Hau ab!«

Ferdie blieb. Alle Freundschaft war vergessen. Wie zwei streitsüchtige Hähne standen wir uns gegenüber.

Die Tür wurde aufgerissen. Ich drehte mich um. Ferdie versteckte sich hinter meinem Rücken. Pieles Tasche landete zwischen uns. Piele nahm wie immer mit einem Satz alle Stufen. Da er uns nicht erwartet hatte, riss er Ferdie und mich um.

Als Erster stand Piele wieder auf den Beinen. Auch wir mussten uns beeilen, wieder hochzukommen. Der Einspänner des Milchmanns kam direkt auf uns zu.

»Was macht ihr hier?«, schrie Piele.

Ich war schneller als Ferdie.

»Ich habe auf dich gewartet und wollte fragen, ob ich deine Tasche tragen soll?«

Piele beruhigte sich. »Und der da?«

Ich stellte mich unwissend. »Das weiß ich auch nicht.«

»Ich wollte sie dir auch tragen«, meldete sich Ferdi zu Wort.

Aber es war zu spät. »Was soll ich mit zwei Trägern?«, fragte Piele.

»Genau, was soll Piele mit zwei Trägern?«

Wieder fand Ferdie nicht schnell genug die passende Antwort.

Ich bückte mich, hob die Tasche auf und schaute Piele fragend an.

Mit einer kurzen Bewegung seines Kopfes erhielt ich meinen Befehl. Ich ging los. Piele folgte mir.

Ferdie sprang aufgeregt neben uns her.

»Piele, wir haben deine Tasche doch immer zusammen getragen. Sie ist viel zu schwer für einen alleine. Bitte, lass sie mich auch tragen.« Ferdie zerrte am Griff. »Komm schon, ich trag sie das erste Stück. Er soll sie den Rest tragen.«

Piele wurde ungehalten.

»Verschwinde, einer reicht! Bis gestern hast du dich doch auch nicht darum gerissen.«

»Los, verschwinde, hast du nicht gehört, was Piele gesagt hat!?«

Aber Ferdie wollte sich noch nicht geschlagen geben.

»Wenn du sie mich tragen lässt, verrat ich dir was.«

Mir wurde heiß. Ich suchte schon nach glaubwürdigen Ausreden, nach unwiderlegbaren Lügen. Aber ich hatte Glück. Und mein Glück war Ferdies Unglück.

Mit einer Hand griff Piele nach Ferdi, schüttelte ihn kräftig durch, zog ihn zu sich heran und fauchte ihm ins Gesicht: »Verzieh dich, aber sofort, ich brauch meine Ruhe. Ich will nachdenken. Die Tasche trägt er. Dabei bleibt's!«

Dann stieß er ihn von sich und Ferdi stürzte aufs Pflaster.

Der würde uns nicht mehr belästigen.

Ich hatte in Pieles Gesicht gesehen, als er Ferdi anschrie. Seine Augen waren weit aufgerissen. Wenn er den Mund auf und zu machte, sprangen die Sommersprossen in seinem Gesicht auf und ab. Seine Lippen spannten sich. So wütend hatte ich ihn noch nicht erlebt. Den Inhalt seiner Tasche würde er wie einen Schatz hüten. Das wusste ich jetzt und musste mir gut überlegen, was ich tat.

Der Rest des Schulwegs verlief ruhig. Einige Jungen auf Fahrrädern überholten uns. Andere standen wie immer in Gruppen vor der Schule oder beim Feuerwehrhaus und erzählten wortreich gestikulierend das Fernsehprogramm vom Vortag nach.

11

Haschi Punte hatte seinen Auftritt. Er wurde auf dem Fahrrad von seinen Jungen hinter das Feuerwehrhaus geschleppt. Dort stellten die Hagener ihre Räder ab und tauchten dann, an der Spitze ihres Pulks Haschi Punte, wieder auf, gingen wie immer grimmig und mit wild entschlossenem Blick über den Schulhof auf die Eingangstür zu … und mussten nun schon den zweiten Tag feststellen, dass sie nicht von Piele erwartet wurden.

»Wirklich seltsam!«, muss Haschi gedacht haben, als er seine Jungen erstaunt anstarrte. Er befahl seinem Kundschafter, während des Unterrichts und in den Pausen Pieles Geheimnis auszuspionieren.

Ich trug die Tasche zu Pieles Bank, verstaute sie in der Ablage und bekam von ihm in wenigen Worten mitgeteilt, mein Lohn würde in der kleinen Pause ausgezahlt werden. Es war mir recht. Die eine Stunde konnte ich warten.

Ich hatte mich gerade auf meinem Stuhl gesetzt, da betrat Ferdie das Klassenzimmer. Sein Anorak war verschmutzt, seine Augen waren gerötet. Er hatte geweint.

Heute wollte ich triumphieren. Schließlich hatte Ferdie ja angefangen, als er mich um die Beute unter dem Rost betrog. Ich nahm mein Ding aus der Hosentasche, hielt es kurz so, dass er es sehen konnte, und drehte es dann unablässig mit beiden Händen unter der Bank. Meins war schöner als seins, ohne Zweifel. Ferdie hatte das sofort bemerkt, obwohl er so tat, als schaue er nicht hin. Die ganze Stunde zwirbelte ich mein Ding unter der Bank.

Aber Ferdie wollte nicht anerkennen, dass mein Ding schöner war. Er machte meine Spielerei unter der Bank mit seiner Scheibe nach. Die Bootmann bemerkte von alledem nichts, denn wir schauten dabei mit unschuldiger Miene auf die Tafel und in die Bücher. Aber ich träumte schon wieder von einem mit Dingern gefüllten Schulhof und von wildem Toben in den bunten Scheiben.

Einigen in der Klasse blieb nicht verborgen, dass wir uns seltsam benahmen. Sie rätselten, was los war, und brachten es wohl mit Pieles verändertem Benehmen in Zusammenhang. Aber eine Idee von dem, was vorging, hatten sie nicht.

Piele dagegen gab sich, als sei er an dem, was im Klassenzimmer getuschelt wurde, vollkommen unbeteiligt. Er hatte den Stuhl ein wenig zum Fenster gedreht, stützte die Schuhe auf das Rohr zum Heizkörper, verschränkte die Arme vor der Brust und schaute in die Wipfel der Bäume am Moorbach. Nach kurzer Zeit schien er eingenickt zu sein.

In der kleinen Pause nahm Piele seine Tasche mit in die Nische neben dem Kakaostand und händigte mir meinen Lohn aus. Diesmal war das Ding orange. Ich fand es nicht so schön wie mein erstes. Aber ich war zufrieden, denn mein Besitz war jetzt doppelt so groß wie Ferdies. In einiger Entfernung zu Piele lehnte ich mich an die Wand und gab mich genauso gelangweilt wie er.

Uns umschlichen Haschis Kundschafter und andere Neugierige. Heute wurde ich nicht angesprochen, denn Piele schaute hin und wieder zu mir herüber. Ich glaubte zu sehen, dass er mich dabei anlachte. Ich stand also immer noch unter seinem Schutz.

In der folgenden Unterrichtsstunde konnte ich mit zwei Dingern unter der Schulbank spielen.

Ferdie war geschlagen.

Er tat, als sei es ihm gleichgültig. Wenn ich ihn beim Herüberschielen erwischte, ärgerte ich ihn, indem ich meine Dinger in beide Handflächen legte und sie ihm hinhielt. Gegen Ende der Stunde änderte sich sein Verhalten. Er begann heimlich in seiner Schultasche, in der Griffelmappe und in den Taschen der Hose zu wühlen. Von mir abgewandt, sortierte er einige Gegenstände, die ich nicht erkennen konnte. Je näher das Ende der Stunde rückte, desto aufgeregter und zappeliger wurde er.

Die Schulglocke läutete. Schnell leerte sich der Klassenraum. Als Letzter verließ Piele mit seiner Tasche den Raum. Er ging geradewegs zum Fahrradstand.

12

Die Menge der Gaffer war größer als am Vortag. Unter ihnen befand sich auch Ferdie. Er trat ungeduldig von einem Fuß auf den anderen und schaute sich ständig um. Da ich hoffte, Piele einen Dienst erweisen zu können und eine weitere Belohnung zu erhalten, hielt ich mich abseits.

Zunächst passierte nichts.

Piele saß auf dem Fahrradstand und zog wieder Dinger auf Schnüre auf. Kam ihm jemand zu nahe, tat er so, als würde er sich erheben. Die unerbetenen Neugierigen machten schleunigst kehrt.

Als die Pause fast zu Ende war, geschah etwas. Ferdie trat aus der Menge heraus und ging auf Piele zu. Der bemerkte ihn, machte eine abschreckende Gebärde, aber Ferdie verlangsamte nur seine Schritte. Piele sprang auf, ging zu Ferdie hin und packte ihn am Anorak.

Was würde geschehen? Würde er ihn wieder zu Boden werfen? Ihn vorher noch ohrfeigen? Ihm vielleicht etwas noch Schlimmeres antun?

Ich hatte mich geirrt.

Ferdie schien auf Piele einzureden. Ich konnte ihre Unterhaltung nicht verstehen.

Piele ließ Ferdie los, zögerte einige Sekunden und ging mit ihm zurück zum Fahrradstand.

Dort breitete Ferdie einige Gegenstände auf dem Boden aus. Piele betrachtete sie, nahm das eine oder andere an sich, griff in seine Schultasche und warf Ferdi ein Ding zu.

Natürlich fing Ferdi es nicht, hob es aber sofort auf und lief hopsend in die Menge der Zuschauer. Er zeigte kurz, was er ergattert hatte, und rannte dann zur Schultür. Keiner hatte in der Eile etwas erkennen können. So verfolgten ihn die Neugierigen und umringten ihn, als er seinen neuen Besitz genau betrachten wollte. Eine große Gruppe von Jungen steckte die Köpfe zusammen, schubste und drängte sich. Das aufgeregte Gerede und Geschrei erinnerte an den Ferkelmarkt.

Die Pause war zu Ende. Wie immer ohne jede Hast machte sich Piele auf den Weg. Er ging direkt auf die Menge der Jungen zu, die sich wie auf Befehl teilte. Schweigend und ehrfürchtig richteten sich alle Blicke auf die Tasche. Hinter Piele schloss sich die Menge wieder und wie bei einer Prozession geleiteten die Jungen flüsternd und kopfschüttelnd die Tasche und ihren Besitzer ins Klassenzimmer.

Ich schlenderte lustlos zu meinem Platz. Meine Freude war verflogen. Wie erwartet, hockte Ferdi schon an unserem Tisch und drehte aufreizend seine zwei Dinger in den Händen. Mir warf er einen bösen Blick zu, der besonders gemein war, weil er dabei grinste. Den anderen Jungen gewährte er großzügig das Recht, seinen rätselhaften Besitz zu bestaunen.

Die Aufregung im Raum wollte sich nicht legen. Natürlich fragten sich alle, um was es sich bei den seltsamen Scheiben eigentlich handelte. Alle Blicke richteten sich auf Piele. Doch der starrte nur zum Fenster hinaus.

Die phantasievollsten Vermutungen wurden angestellt. Jede wurde als unglaubhaft verworfen. In dieser Schulstunde verteilte Frau Bootmann viele Strafarbeiten, doch es kehrte keine Ruhe ein. Es wurde geflüstert, Zeichen wurden gemacht. Und durch die Reihen, von Hand zu Hand, wanderte eine von Ferdies Scheiben.

Er selbst war sichtlich stolz.

»Na siehste«, versuchte er mit mir ins Gespräch zu kommen, »du musst dafür schleppen, ich kriege die Dinger von Piele so.«

Ein Lügner war Ferdie. »Ich hab doch gesehen, wie du ihm was dafür gegeben hast!« Ich ärgerte mich, weil Ferdie eine so gute Idee gehabt hatte – und nicht ich. »Für Sachen könnte ich noch viel mehr von Piele kriegen.«

»Dann hol dir doch viel mehr. Das möchte ich mal gerne sehen!«

»Wirst du noch erleben!«

Ich kramte in meinen Taschen und suchte nach Tauschbarem.

Da war ein Flaschenöffner mit Brauereiabzeichen, ein vollgeschnupftes Taschentuch, eine Füllerkappe, deren Füller ich verloren hatte, sowie eine Lupe. Die besaß damals in unserer Schule so gut wie jeder Junge. Sie wurde als Brennglas verwendet, mit dem man hinterrücks den besten Freunden die Haut ansengte. Am Boden der Schultasche fand ich unter einem schimmeligen Butterbrot ein Sportwagenquartett, dem allerdings einige Karten fehlten. Die hatte Thomas Ahrend mitgenommen. Unser Spiel war noch nicht beendet gewesen, als er mit seiner Familie nach der Versetzung des Vaters in die Landeshauptstadt zog. Der Rest war Abfall und – wie ein paar vertrocknete Erbsenschoten – zum Tausch nicht geeignet.

Brennglas und Quartett legte ich mir zurecht. Als Deckblatt für das Kartenspiel wählte ich einen „Thunderbird", einen besonders schönen amerikanischen Sportwagen, nahm das Gummiband von dem Pergament des schimmeligen Pausenbrots und spannte es um die losen Karten. Piele hatte keine Freunde, mit denen er Karten spielte. Und ich hoffte, dass er nicht wusste, dass ein Quartett 32 Karten haben muss. So bestand gute Aussicht, dass er meinen Betrug nie bemerken würde.

Ich konnte das Ende der Stunde kaum erwarten.

Bevor der letzte Schlag der Schulglocke verklungen war, stand ich vor Pieles Stammplatz am Kakaostand. Ich reichte ihm Brennglas und Quartett.

»Wie viel bekomme ich dafür?«

Piele schaute mich mit festem Blick an, setzte dann eine nachdenkliche Miene auf, kratzte sich am Kinn, nahm die Lupe und prüfte damit die runden Ecken der einzelnen Karten. So handelten die Viehhändler auf dem Ferkelmarkt.

13

Heute frage ich mich, ob ihm damals erst die Idee zu den folgenden Geschäften gekommen war oder ob er alles von Anfang an, zumindest zu einem früheren Zeitpunkt, geplant hatte. War er zu einer solchen Planung fähig? Oder folgte er einem Gespür für den eigenen Vorteil, das bei ihm weit ausgeprägt war? Aber damals haben mich solche Überlegungen nicht beschäftigt.

Piele hatte seine Begutachtung abgeschlossen.

»Die Karten kann ich nicht brauchen. Aber die Lupe ist gut. Ich gebe dir drei Stück dafür.«

Ein wenig enttäuscht werde ich geguckt haben. Er wühlte in seiner Tasche und als er die Hand wieder herauszog, hielt er drei Dinger in der Hand, zählte sie ab und steckte dann die Lupe in ein Außenfach seiner Schultasche. Er zögerte kurz, griff noch einmal in die Tasche, legte noch ein Ding auf den Tisch und sagte: »Dafür trägst du mir die Tasche zu meinem Platz und legst sie wieder unter den Tisch, klar?«

Ich nickte, steckte meine Neuerwerbungen zu den anderen, verschloss Pieles Tasche und führte seinen Auftrag aus. Wir waren in eine geschäftliche Verbindung getreten. Von diesem Moment an arbeitete ich für ihn.

Ferdie hatte mitbekommen, dass es mir gelungen war, im Tausch weitere Dinger von Piele zu erhalten. Wahrscheinlich hatte er das auch nie bezweifelt. Piele war mit seinem Tauschangebot am Fahrradstand zum Geschäftsmann geworden. Jeder, der irgendetwas anzubieten hatte, würde von ihm gleichbehandelt werden.

So trennte sich Ferdie noch in dieser Pause von seinem wertvollsten Besitz, einem Medaillon mit der Fotografie eines

Schlagerstars, der im Radio das Lied von einem lachenden Vagabunden sang. Er erhielt dafür von Piele zwei weitere Dinger, eins der beiden, silbrig, war sogar besonders schön, wie ich mir neidisch eingestand.

Nur schien mir Ferdie nach dem Geschäft nicht sonderlich zufrieden. Viel, viel später, als wir wieder miteinander sprachen, erzählte er mir, dass er noch in der vorangegangenen Pause am Fahrradstand für wertloseres Zeug eine schönere Scheibe bekommen hatte.

Die Nachfrage stieg. Piele erhöhte die Preise.

Die Dinger waren in kürzester Zeit in der ganzen Schule bekannt. Auch hinter dem Feuerwehrhaus, bei Haschi und seinen Jungen, hielt man jetzt eins von ihnen in den Händen. Ferdie hatte es Haschi leihen müssen. Man betrachtete es verständnislos und fragte sich, was es mit diesem Zeug auf sich habe. Haschi überzeugte seine Jungen, zunächst abzuwarten und das Geschehen weiter zu beobachten. Es gab auch schon Neues zu berichten.

Pieles verführerischer Tascheninhalt schien eine geheimnisvolle Kraft in sich zu tragen. Wie ein Fieber steckte er alle an, die etwas von ihm sahen oder von ihm gehört hatten. Viele durchwühlten ihre Hosentaschen und mancher rang mit sich, von welchem Teil seines Besitzes er sich trennen könnte. Vor Pieles Nische am Fahrradstand bildete sich schon in der nächsten großen Pause eine Schlange. Geduldig warteten die Interessenten, bis die Vorderleute von Piele abgefertigt worden waren und sie selbst Dinger ertauschen konnten.

Je länger die Schlange wurde, desto mehr Gegenwert forderte Piele von den Kunden. Zögerte einer, wurde er wortlos aus der Schlange gestoßen und vom Tausch ausgeschlossen. Der nächste zahlte sofort den geforderten Gegenwert, wenn er etwas Interessantes anzubieten hatte.

Die Pause war viel zu kurz, als dass Piele alle hätte bedienen konnte. Vor und hinter ihm in der Nische lag bereits ein beträchtliches Warenlager: abgebrochene Taschenmesser, rostige Rasierklingen, ein abgeknickter Mercedesstern und selbst geschnitzte Zwillen zum Beschießen von Vögeln, Katzen und den Mädchen der Liobaschule. Aber auch ausgefallenes Zeug wie kaum benutzte Zahnbürsten, Schuhcreme, Haarkämme, und selbst einen Rosenkranz hatte sich Piele ertauscht. Es war eine solche Menge, dass sie nicht mehr in Pieles Tasche passte.

Ohne zu fragen, lieh er sich deshalb eine leere Kakaokiste vom Hausmeister. Ich half beim Einsortieren. Wir steckten die größeren Stücke von Pieles neuem Besitz in die einzelnen Öffnungen des Kastens, sodass sich gleich eine Ordnung ergab. Ich trug die Tasche. Piele trug, bedeckt mit seiner Jacke, sein Warenlager in den Klassenraum.

Nach Schulschluss wollte Piele nicht weitertauschen. Erst, so teilte er den Wartenden mit, müsse er seinen Besitz ordnen und seinen weiteren Bedarf feststellen. Doch so viel könne er schon jetzt sagen, morgen müsse ihm mehr geboten werden, wenn er sich weiterhin von Teilen seines Schatzes trennen solle.

Ich wurde erneut beauftragt, seine Tasche nach Hause zu tragen. Angesichts Pieles gewachsener Bedeutung kam ich mir dabei enorm wichtig vor.

Heute ging es nicht nur bis vor Muckers Haustür. Ich folgte Piele am Haus vorbei hinter die Kaninchenställe zu einem ungenutzten Schuppen, wo nur ein von Spinnweben überzogenes Moped von Pieles Vater an der morschen Wand lehnte. Dort stellte ich die

Tasche auf einen Tisch mit drei langen und einem kurzen Bein, unter das jemand ein Holzscheit gelegt hatte. Piele zahlte mich aus und schickte mich fort.

14

Die nächsten Tage glichen sich. Am Morgen erwartete ich Piele, trug seine Tasche und ging schweigend neben ihm. Nach der Schule brachte ich die Tasche in den Schuppen hinter das Haus. Sie wurde jeden Tag ein wenig leichter. Dafür schleppte Piele eine gefüllte Kakaokiste. In den Pausen handelte er. Er prüfte die Angebote, machte einen Preisvorschlag, erhöhte hin und wieder, wenn jemand sich nicht so leicht von seinem Besitz trennen wollte, die Menge an Dingern und zahlte seine Kunden aus.

Viele besaßen nun schon eine größere Sammlung der bunten Scheiben. Sie versuchten möglichst solche in unterschiedlichen Farben und Mustern in ihren Besitz zu bringen. Dabei gab es auch schon eine allgemein anerkannte Reihenfolge in der Beliebtheit einzelner Farben und Muster.

Goldene und silberne Scheiben ohne Muster waren besonders begehrt. Davon gab es auch nicht sehr viele. Es folgten möglichst ausgefallene Farben wie Violett oder Ultramarin. Dann alle gemusterten. Am Ende kamen die Alltagsfarben, von denen wiederum die das Schlussfeld bildeten, die am häufigsten im Umlauf waren: schwarze, karminrote, grüne und orangefarbene.

Bald schon zeigten sich die Jungen ihre Sammlungen, gaben sachkundige Kommentare und hatten manchen guten Ratschlag, wie man in den Besitz noch fehlender Stücke gelangen konnte. Nach kurzer Zeit waren einige Farben über Piele nämlich nicht mehr zu bekommen. Es war uns nicht klar, ob sie ihm tatsächlich ausgegangen waren oder er sie nur zurückhielt.

In diesen Tagen veränderten sich die Inhalte unserer Taschen. Was Brauch- und Tauschbares in ihnen gewesen war, verschwand in den von Piele »geliehenen« Kakaokästen.

Wie Piele es mir vorgemacht hatte, zog ich die Dinger auf eine Schnur. Ich steckte die Schnur mittlerweile nicht mehr in die Hosentasche, in die passte sie nicht mehr, auch nicht in die Schultasche. Ich trug sie auf dem Schulweg und in den Pausen wie der Schützenkönig seine Kette um den Hals.

Auf den Dingern schien Magie zu liegen. Zuerst hatte sich Piele mit ihnen etwas erkauft. Nach kurzer Zeit sogar schon einen beträchtlichen Besitz, der sich in den Kakaokisten in Muckers Schuppen stapelte. Aber auch andere konnten mit ihnen etwas erwerben. Besonders Kluge wussten, was Pieles Interesse wecken würde. Und sie fanden diese Gegenstände bei denen, die noch nicht begriffen hatten, nach welchen Gesetzen der Tausch zu einem Geschäft werden konnte. Also boten diese Gewitzten den Eigentümern eine geringere Zahl von Dingern an, als Piele ihnen geben würde. Beim Weiterverkauf erhielten sie von Piele mehr, als sie zuvor im Tausch gegeben hatten. Sie hatten einen Gewinn gemacht.

So bildete sich eine Gruppe von Zwischenhändlern, die Pieles Interessen kannten. Sie wussten um all die nützlichen und unnützen Sachen, die in den Hosentaschen von Jungen steckten, erwarben diese möglichst günstig und verkauften sie mit Gewinn an Piele

oder andere, die gerade Bedarf an Katzenaugen, Fingerhüten oder Drachenband hatten.

Ich selbst, obwohl mittlerweile einer der reichsten Dinger-Besitzer, gehörte nicht zu ihnen. Denn ich stand ganz in Pieles Diensten. Weiterhin war das Tragen seiner Tasche meine Aufgabe, die jetzt in hohem Ansehen stand. Und ich führte am Fahrradstand und in der Nische am Kakaostand seine Geschäfte. Er selbst griff nur noch ein, wenn ein Gegenstand angeboten wurde, dessen Preis von ihm noch nicht festgelegt worden war. Den bestimmte Piele dann nach kurzer Überlegung.

Ansonsten gab er sich gelangweilt und starrte vor sich hin, in die Spuckehaufen im Sand, in denen Ameisen und andere Insekten ertranken.

Nach Schulschluss trug ich tagtäglich im Schuppen seine Neuerwerbungen in Listen ein, die Pieles Reichtum festhielten und immer länger wurden. Piele war ein großzügiger Arbeitgeber. Für jede neue Tätigkeit, die er mir auftrug, erhöhte er meinen Lohn, ohne dass ich es fordern musste. So erhielt ich für die wöchentliche Reinigung all der abgebrochenen Messerklingen, bleikugelgefüllter Gardinenbänder, der den Großmüttern entwendeten Lesebrillen und der besonders häufig angebotenen Kupferspulen aus Elektromotoren fünf Dinger, für das Listenführen gleichfalls fünf und für das tägliche Tragen und Handeln zwei. Meine Schnur war bald mit voll mit Dingern besetzt. Es waren viele besonders schöne darunter. Denn an manchen erfolgreichen Handelstagen durfte ich sie mir selbst aussuchen.

Mit allen Jungen der Schule war eine auffällige Veränderung vorgegangen. Besonders deutlich war sie bei Piele zu beobachten.

Er hatte keine Wutausbrüche mehr und schlug auch nicht mehr zu. Er war aber noch schweigsamer als zuvor. Er zwang niemandem mehr seinen Willen auf. Egal, ob er sich ein Fahrrad lieh oder einen Jungen zum Bäcker sandte, um frischen Mohnkuchen zu kaufen, er zahlte. Jeder erhielt einen Lohn. Ganz ohne Drohungen und Gewalt waren ihm fast alle zu Diensten.

Aber diese Dienstbereitschaft erstreckte sich nicht nur auf Piele. Jeder konnte andere dafür gewinnen, Aufgaben zu erledigen. So ließ ich jetzt Jungen aus der ersten und zweiten Klasse für mich am Kakaostand anstehen und Thomas Corths malte mir die Bilder für den Zeichenunterricht. Die einzige Bedingung: Für diese Bereitschaft erwartete jeder eine ausreichende Bezahlung. Alles in unserem Leben bekam einen Preis. Kein Blick in das Hausaufgabenheft wurde gestattet ohne die Frage: »Was bekomme ich dafür?« Jede einst selbstverständliche Hilfe musste jetzt mit bunten Scheiben bezahlt werden – ob Turnschuhe ausgeliehen wurden oder Comic-Hefte.

Die Dinger gingen von Hand zu Hand und viele waren mit der Zeit schon ganz abgegriffen und unansehnlich.

Wo früher mit Ausnahme von Piele Mucker und Haschi Punte alle gleich waren, herrschte jetzt eine Hierarchie, die sich nach dem Besitz an Dingern richtete. Die Dinger zerstörten Freundschaften, wie meine mit Ferdie, und machten alles zum Geschäft. Wer sich keine Dinger ertauschen und damit zahlen konnte, hatte bald keine Freunde mehr.

So gerieten alle in eine ständige Betriebsamkeit. Jeder bot seine Fähigkeiten den anderen gegen Bezahlung mit Dingern an. Diejenigen, die gute Zensuren in der Schule hatten, machten jetzt nicht mehr nur ihre Hausarbeiten. Sie fertigten sie gleich mehrfach in verstellter Handschrift an und tauschten sie vor Unterrichtsbeginn. Die Großen und Kräftigen beschützten die Kleinen und Schwachen nur, wenn diese zahlen konnten.

Piele beschäftigte einen Jungen, der Schlager auf der Mundharmonika blasen konnte. Er spielte für ihn in den Pausen und hin und wieder auch auf dem Heimweg. Der Junge erhielt dafür zwei Dinger am Tag. Auch andere hatte nun einen »Beruf«. Wer keine besonderen und gefragten Fähigkeiten hatte, musste entweder einfache Hilfsdienste verrichten oder verlor an Ansehen. Ohne Dinger mieden ihn selbst seine früheren Freunde, auch wenn er sein Verhalten überhaupt nicht geändert hatte.

15

Den Lehrern blieben diese Vorgänge nicht verborgen. Nur noch mit Geschäften jeder Art befasst, fiel bei manchem von uns die Leistung in der Schule innerhalb kurzer Zeit stark ab. Wir kehrten immer später aus den Pausen in die Klassenzimmer zurück. Wir tuschelten hinter vorgehaltenen Händen während des Unterrichts über unsere Geschäfte.

Schon bald kannten die Lehrer die Ursache der Unruhe und Veränderung. Sie brachten sich in den Besitz einiger Scheiben, die unvorsichtige Schüler zu auffällig während des Unterrichts über die Tische geschoben hatten. Nachdem auch noch besorgte Eltern vom Verschwinden wichtiger Haushaltsgegenstände und dem Auftauchen dieser unnützen Dinger in den Schultaschen ihrer Söhne berichtet hatten, beschloss eine Lehrerkonferenz ein strenges Verbot des Handelns. So wurde es in allen Klassen verkündet und die Pausenaufsicht erhielt Weisung, genauestens auf die Einhaltung dieser Vorschrift zu achten.

Piele scheute neuerdings jegliche Schwierigkeiten mit den Lehrern. Er ließ sich nicht mehr am Fahrradstand und in der Nische sehen. Er verschwand einige Tage vom Pausenhof und suchte in der Umgebung nach einem ungefährdeten Tauschplatz.

Zwar war jetzt, nach drei Wochen, sein eigener Besitz an Dingern merklich zurückgegangen, aber manchen Jungen schmerzte der Verlust seines Hosentascheninhalts und er wollte ihn zurücktauschen. Piele machte es möglich. Allerdings musste der Wiederverkäufer jetzt mehr bezahlen, als er einst dafür erhalten hatte. Piele ging sogar noch einen Schritt weiter. Er bot seinen ganzen erworbenen Besitz, natürlich mit einem Preisaufschlag, zum Kauf an.

Dieses sich entwickelnde Geschäft galt es also vor den Anordnungen der Lehrer geheim zu halten. Bei der Suche nach einem Ausweichstandort musste einiges beachtet werden: Er durfte nicht weit von der Schule entfernt sein, denn viele trauten sich in den Pausen nicht vom Schulgelände fort. Piele musste es sich dort bequem machen können. Und er durfte nicht auf Haschis Gebiet liegen.

Einen solchen Ort zu finden war unmöglich. Das merkte Piele schon bald. Aber er gab nicht auf.

Gegenüber dem Schulgebäude, hinter Büschen, die einen durchlöcherten Maschenzaun versteckten, floss der Moorbach am Schulhof entlang und am unteren Ende des Hofes durch einen gemauerten Rundbogen unter dem Feuerwehrhaus hindurch. Im

Winter führte der Bach viel Wasser aus dem Moor. Aber jetzt, im Spätsommer, war sein Bett ausgetrocknet und bildete eine Mulde, die von Kastanienbäumen überragt wurde, in die deshalb kein Sonnenstrahl fiel und die in einem Halbdunkel lag. Der gemauerte Durchfluss unter dem Feuerwehrhaus war ein düsterer Tunnel, mit Spinnennetzen an der Mauer und Fröschen in den wenigen noch vorhandenen Tümpelchen.

Ein geschützter und geheimnisvoller Ort, geeignet für verbotene Geschäfte. Aber er lag in Haschi Puntes Revier.

Haschi war in den vergangenen Wochen vom Treiben auf dem Schulhof ausgeschlossen gewesen. Er hatte keine Dinger und wollte Piele auch nicht an seinem Eigentum verdienen lassen. Er bemerkte allerdings, dass sich vieles verändert hatte und seine Stellung als Pieles ebenbürtiger Gegner bedroht war.

Schon fragten ihn die Ersten nach einem Befehl frech, was sie denn dafür bekämen. Sie flohen, wenn er ihnen Prügel als Lohn anbot, unter Pieles Schutz – natürlich gegen Bezahlung. Piele gewährte Schutz, indem er in aller Öffentlichkeit den Arm auf die Schulter des Schutzbedürftigen legte und mit ihm gemeinsam, an Haschi und seinen Jungen vorbei, durch die Schultür schritt.

Die Ketten mit den bunten Scheiben wurden mittlerweile nur noch unter den Hemden getragen. Aber nach einiger Zeit wollte auch Haschis Gefolgschaft, die Jungen aus der Hagener Bauernschaft, nicht mehr ohne eine solche Kette über den Schulhof gehen.

So kam Haschi Pieles Angebot sehr gelegen. Ein Angebot, das ich überbringen musste. Einige Schritte von Haschi entfernt wartete ich, bis mich einer seiner Jungen ansprach.

»Was willst du?«

»Piele schickt mich!«

»Na und?«

»Er will was tauschen.«

»Was will er tauschen?«

»Den Platz im Moorbach hinter dem Feuerwehrhaus.«

»Wir tauschen ihn nicht!«

Haschi mischte sich in das Gespräch ein. »Gefällt ihm sein Fahrradstand nicht mehr?«, höhnte er.

»Das nicht. Er braucht einen Platz für Geschäfte.«

»Dann soll er ihn sich holen!« Haschi lachte mich aus und auch seine Jungen begannen zu lachen.

Ich hatte von Piele genau gesagt bekommen, wie die Verhandlungen zu führen waren.

»Er bietet hundert Dinger!«

Niemand lachte mehr. Die Gesichter wurden nachdenklich. Haschi kratzte sich am breiten Hinterkopf und winkte seine Jungen zu sich. Sie steckten die Köpfe zusammen und beratschlagten. Nach kurzer Zeit war ihre Entscheidung gefallen. Haschi selbst überbrachte sie.

»Hundertzwanzig wollen wir haben. Für jeden von uns zwanzig. Und er bekommt den Platz nur, bis das Wasser wiederkommt. Sag ihm das!«

Das war nicht nötig. Piele hatte schon damit gerechnet, dass er sein Angebot würde erhöhen müssen, und einen kleinen Aufschlag einberechnet. Und im Wasser stehen und Geschäfte machen wollte er sowieso nicht.

Ich konnte zusagen, ging zu Piele, bekam hundertzwanzig verschiedenfarbige Dinger, darunter zehn in Gold und zehn in Silber, und brachte sie den Hagenern.

Schon in der nächsten Pause nahmen wir unsere Geschäfte am neuen Ort wieder auf. Unsere Kunden schlugen sich heimlich durch die Büsche, schlüpften durch die Löcher im Zaun und kamen in gebückter Haltung in den Tunnel.

Hier erfuhren sie als Erstes, dass die Preise gestiegen waren. Piele gab seine Kosten an die Kunden weiter.

16

Noch hatte niemand enträtselt, was Seltsames denn die Dinger waren, die eine solche Macht über uns gewonnen hatten. Sie verführten uns dazu, etwas freiwillig zu tun, zu dem man uns vorher zwingen musste.

Zunächst waren noch täglich neue Erklärungen gesucht und gefunden worden. Mit der Zeit wurden immer weniger Vermutungen geäußert. Die Scheiben behielten den Namen, den Ferdie und ich ihnen verliehen hatten. Jeder nannte sie »die Dinger«.

Eines Tages glaubten allerdings alle, ihr Geheimnis zu kennen. Und das kam so: Die Lehrer verstärkten in den Tagen nach dem Erlass des Tauschverbots ihre Pausenaufsicht. Sie setzten zusätzlich Studenten ein, die einige Zeit als Zuhörer am Unterricht teilnahmen und hin und wieder eine Unterrichtsstunde hielten. Unter ihnen war ein Theologiestudent aus Indien, der katholischer Priester werden wollte. Dieser Student spazierte als Pausenaufsicht mit einem Junglehrer über den Schulhof. Die beiden waren in ein angeregtes Gespräch vertieft. Eine Gruppe von Jungen, Streber und Schüler aus unteren Klassen, strichen wie immer um sie herum. Sie hofften, ihre leeren Kakaoflaschen zurückbringen oder ihnen das Butterbrotpapier abnehmen zu dürfen. So belauschten sie die Unterhaltung zwischen dem Inder und dem Junglehrer.

Die Unterhaltung drehte sich um die Vorgänge auf dem Schulhof, die seltsamen Scheiben und das veränderte Verhalten der Schüler. Die beiden stellten verschiedene Vermutungen darüber an. Irgendwann sagte der indische Student, dass es sich bei den Scheiben seiner Meinung nach um »Fetische« handele. Dem langen, mit vielen Fremdwörtern gespickten Gespräch im Lehrerzimmerdeutsch konnten die Lauscher nicht folgen. Aber bei diesem Wort horchten sie auf. Es klang so fremd und so geheimnisvoll, wie ihnen die bunten Scheiben immer vorgekommen waren. Kaum hatten sie das Wort aufgeschnappt, stürmten sie davon und belehrten uns: »Es sind Fetische! Der Inder sagt, es sind Fetische! Habt ihr es gehört? Fetische!«

So, Fetische waren die Dinger also.

So mancher hatte Ähnliches schon lange vermutet. Andere gaben sich überrascht. Als die Nachricht in den Ecken des Schulhofs, bei den Rauchern auf der Toilette und unten im Moorbachbett verbreitet wurde, nickten sich viele Jungen verständnisvoll zu. »Es sind Fetische! Der Inder hat's gesagt, es sind Fetische!«

Hä?! Fetische? Diejenigen, die eingestanden, in Fetisch-Angelegenheiten völlig unwissend zu sein, wurden sofort übertrumpft vom Aha und dem verständnisvollen Nicken der Immer-alles-Wisser. Aber auch die mussten nach und nach stotternd eingestehen, dass sie nicht in der Lage waren, den Zweck und Nutzen eines Fetischs mit Loch in der Mitte zu erklären.

Einige besonders Kluge hatten eine Idee: »Der Inder hat gesagt, es sind Fetische. Keiner sonst hat es vorher gewusst. Wenn es nur der Inder wusste, müssen Fetische Dinger aus Indien sein. Und zwar besonders seltene. Denn alles, was dort nicht selten ist, kennen wir doch! Von Currypulver, Tee und dem Himalaya hatten schließlich die meisten schon gehört.«

Das war eine Erklärung! Sie reichte den vom vielen Rätseln schon erschöpften Gehirnen.

Die Dinger stammten also aus Indien und ihre Funktion war so unverständlich wie die einer heiligen Kuh. Man muss nicht alles verstehen. Wer verstand schon im Religionsunterricht den Satz des Katechismus, der die Mysterien der Dreifaltigkeit lehrte?

Die Enttarnung der Dinger als Fetische bewirkte, dass der Stolz auf den eigenen Besitz und die Achtung vor Piele Mucker mächtig stiegen. Wer Sachen aus Indien in Umlauf bringen konnte, musste weitreichende Verbindungen haben, zu Seefahrern, vielleicht sogar zu Piraten. Das war Piele zuzutrauen.

Piele selbst schwieg zur Herkunft der Dinger.

17

Als die Dinger den Namen »Fetische« erhielten, näherte sich ihre große Zeit bereits dem Ende. Und wie Ferdie am Beginn ihres fiebrigen Siegeszuges beteiligt war, war er es auch an ihrem Ende.

Durch meine Arbeit für Piele besaß ich viele Fetische und war wohlhabend und deshalb in unserer Jungenwelt bedeutend. Ferdie hatte nur durch normalen Tausch die Möglichkeit, zu Besitz zu gelangen. Zudem mochte ihn Piele noch immer nicht besonders, vor allem wohl wegen seiner hohen piepsigen Stimme, die oft ins Weinerliche kippte. Ich tat durch beiläufige Bemerkungen einiges, um ihn bei Piele unbeliebt zu machen. Ferdie kam bei Geschäften immer besonders schlecht weg. Er wurde von mir und Piele nie als Bote oder als Träger beschäftigt. Die anderen spürten die Abneigung, die wir gegen ihn hegten, und hielten ebenfalls Abstand zu ihm. Zu Haschi Punte konnte er auch nicht gehen. Der legte auf Verbündete von Ferdies Größe und Körperkraft keinen Wert. Seine Lage war nicht gut, fast schon verzweifelt.

Und er war wütend. Seine Wut brauchte ein Ventil. Und das fand sich an einem besonders heißen und schwülen Tage, als alle Welt gereizt war und nur der höhlenartige Tunnel unter dem Feuerwehrhaus noch Schatten bot. Deshalb versammelten sich viele dort. Aber nur wenige, um ihre Fetisch-Sammlung zu ergänzen oder Geschäfte zu machen. Sie flohen bloß vor der Hitze.

Piele saß auf einem Steinblock, der aus der Mauer des Feuerwehrhauses gefallen war, rauchte eine Zigarette gegen die Fliegen und war – was selten geschah – auf die Frage eines Jungen hin ins Erzählen gekommen. Piele war weit durch die Gegend gestreift; bis tief ins Moor hinein, wo sich sonst keiner von uns hinwagte. Er berichtete von den Gräben, die es durchzogen, von Sümpfen, die noch niemand durchquert habe und deren Wasser den Moorbach speiste.

Am Himmel hingen dicke Gewitterwolken. Wir alle hatten unsere Eltern und Großeltern schon oft, während es donnerte und blitzte, sagen hören, dass wir bei Gewitter auf keinen Fall im Moor sein dürften. Das sei gefährlich. Die Wolken würden sich über dem Moor ausregnen und könnten den Moorbach zu einem Sturzbach anschwellen lassen.

In der Höhle war es düster. Der Rauch von Pieles Zigarette brannte in den Augen, die Frösche quakten und die ersten Blitze zuckten. Vom Moor her rollte der Donner heran und hallte vom Gewölbe des Tunnels wider. Wir wussten, bald würde der Regen niederprasseln.

»Was geschieht, wenn es im Moor regnet?«, fragte ein Junge aus den unteren Klassen ängstlich.

Piele machte es spannend. Er sah von seinen Spuckehaufen vom Boden auf und schaute jedem im Tunnel ins Gesicht.

»Dann laufen die Sümpfe über, in Sekundenschnelle.« Seine Stimme klang jetzt tief. »Und der Moorbach füllt sich. Blitzschnell.« Er machte eine kleine Pause und schaute uns wieder der Reihe nach an. »Eine Wasserwand wie bei Moses in der Bibel, als er das Rote Meer durchquerte. Das Wasser rast heran, bis hierher, zu uns.«

Einige Ängstliche sprangen auf. Der Erste von ihnen war Ferdie. Er war noch blasser als sonst.

»Und was passiert uns dann?«, piepste er.

»Uns passiert nichts«, antwortete Piele ruhig und schaute Ferdie fest in die Augen, »denn wir sind groß. Unser Kopf ragt aus dem Wasser heraus. Aber du bist klein und wirst ertrinken und von dem Wasser des Bachs bis ins Meer gespült.«

»Du lügst!«, kreischte Ferdi. »Wieso denn immer ich? Sag, dass es nicht stimmt!«

Uns allen war ein Schauer über den Rücken gelaufen. Aber als Ferdie aufsprang und hysterisch zu schreien anfing, änderte sich Pieles Gesichtsausdruck. Seine Zähne zeigten sich und die Sommersprossen tanzten auf seiner Nase.

Piele hatte nur Spaß gemacht. Jetzt merkten es alle. Und alle begannen Ferdie auszulachen, so laut, dass ihr Lachen in dem

Tunnel selbst den Donner übertönte. Ferdie stand da, schaute sich um. Alle lachten über ihn.

Ferdie schämte sich. Er schämte sich so, dass sich sein Gesicht rötete. Aber wir hörten nicht auf zu lachen.

In seiner Ohnmacht und Wut begann er nach dem Erstbesten zu treten und schrie: »Aufhören! Aufhören! Ihr seid Idioten, totale Idioten seid ihr! Alles lasst ihr mit euch machen und merkt noch nicht mal was.«

Ferdie riss sich seine Schnur mit den Fetischen vom Hals und schmiss sie in den Modder. Mit dem linken Fuß stampfte er sie in den Boden. Unser Lachen versiegte langsam. Ferdie sprach jetzt ruhiger.

»Was wollt ihr denn mit den Fetischen? Nichts, gar nichts kann man damit machen. Man kann sie nicht essen. Geht doch mal zum Bäcker und versucht damit etwas zu kaufen. Nichts kriegt ihr dafür, gar nichts!«

Piele sprang hoch und stieß Ferdie mit beiden Händen aus dem Tunnel.

»Verschwinde und halt die Schnauze!«, schrie er. »Lass dich hier nie wieder blicken. Hast du gehört? Verschwinde und halt die Schnauze!«

Aber Ferdie schwieg nicht. Es schallte noch einmal in den Tunnel: »Nichts kann man mit den Fetischen machen, gar nichts. Ihr Idioten, ihr großen Idioten!«

Piele rannte hinter Ferdie her, trieb ihn die Böschung hoch und durch den Zaun in die Büsche. Doch noch einmal hörten wir Ferdis schrille Stimme: »Ihr Idioten! Nichts könnt ihr mit ihnen machen, gar nichts.«

Piele kam zurück. Er schaute sich im Kreis der Anwesenden um und stellte fest: »Der spinnt!«

Niemand nickte. Alle schauten zu Boden oder beobachteten die Spinnen bei ihrer Arbeit. Das Gewitter hatte sich verzogen. Eine beunruhigende Stille breitete sich aus. Die Pause war zu Ende. Wir kletterten die Böschung hoch, schlugen uns nach und nach durch die Büsche, trotteten still über den Schulhof und verschwanden zur nächsten Unterrichtsstunde in den Klassenzimmern.

Ferdies Worte nisteten sich in unsere Gedanken ein. Nach und nach schwand die Erinnerung an seine sich überschlagende Stimme. In unseren Köpfen wiederholte sich nur der eine Satz: »Nichts kann man mit ihnen machen, gar nichts!«

Keiner wollte dem gleich zustimmen, denn jeder hatte den Fetischen bereits zu viel geopfert. Die Fetische hatten einige Wochen lang den Schulalltag, das Verhältnis der Einzelnen zueinander, unsere Träume und unser Denken bestimmt. Das sollte alles nichts gewesen sein? Nichts als ein gigantischer Betrug?

Doch Ferdies Worte waren nicht wegzudenken oder wegzuwünschen. Sie saßen in unseren Köpfen fest.

»Nichts kann man mit ihnen machen, gar nichts!«

18

In der folgenden Stunde blieb es in der Klasse ruhig. Einige kramten in ihren Fetischen herum und versuchten, doch noch etwas Sinnvolles an ihnen zu entdecken. Eine große Traurigkeit schlich durch alle Klassenzimmer. Enttäuschung und Missmut zeichneten sich in den Gesichtern der Jungen ab.

In unserer Vorstellung verwandelten sich die Fetische wieder in all die notwendigen Dinge, die wir für sie geopfert hatten: in das Kupfer der Ankerspulen, die abgebrochenen Taschenmesser, meine Zwille mit extrastarkem Weckglas-Gummiband und meine schöne Brennglaslupe. Welch ein Betrug! Welch ein großer Schuft war doch Piele!

Zunächst verlief der Ansturm in der Pause noch geordnet. Schüchtern fragten die Ersten an, ob sie nicht einiges wieder eintauschen könnten. Sie benötigten es jetzt dringend und sie hatten die unterschiedlichsten Begründungen. Piele gab sich großzügig. Was er noch besaß, würde er gerne zurücktauschen. Wenn nicht an diesem Tag, dann an den nächsten.

Aber er hatte jetzt wieder den herablassenden, verachtenden Ausdruck, mit dem er früher alle bedacht hatte. Diesen Blick und seine abweisende Gelassenheit legte er auch nicht ab, als der Andrang an der Tauschstelle am nächsten Tag stärker wurde und die Schlange derjenigen, die etwas zurücktauschen wollten, sich von mir nur noch schwer dirigieren ließ.

Doch dann traten Haschi und seine Jungen durch die Büsche in das Moorbachbett. Haschi hielt die Fetische der Hagener in der Hand und rief Piele aus einiger Entfernung zu, er solle aus dem Tunnel kommen.

Er nannte Piele nicht nur bei seinem Vornamen, sondern hatte ihm einen Titel verliehen. »Piele, der Betrüger, soll rauskommen!«, rief er. Und seine Jungen wiederholten wie ein Echo: »Der Betrüger, der Betrüger!«

Piele ging hinaus, machte ein paar Schritte auf Haschi zu und fragte ganz ruhig: »Was willst du, Haschi Punte?«

»Wir wollen diesen Platz zurück. Deine Fetisch-Dinger kannst du wiederhaben.«

Wie Judas Ischariot den Römern seine Silberlinge vor die Füße warf, schmiss Haschi die Dinger vor Piele in den Modder.
»Gut!«, sagte Piele. »Ich komme morgen nicht mehr hierher.« Er wollte sich umdrehen.
»Nicht morgen, jetzt gleich«, befahl Haschi und seine Jungen nickten. Sie gingen auf Piele zu und umstellten ihn.
Aus den Büschen und durch den Zaun traten jetzt immer mehr Jungen. Der Kreis um Piele wurde enger und dichter. Nur noch seine roten Haare konnte ich sehen.
Ferdie drängte sich in die Mitte, versteckte sich hinter Haschi und sprach aus, was alle dachten: »Piele muss alles zurückgeben!«
Piele schwieg. Die Jungen kamen noch näher.
Es waren zu viele.
»Gut!«, sagte er und sprach nun auch wieder wie gewohnt. »Ihr Pfeifen sollt alles wiederhaben, wenn es noch da ist. Es liegt morgen früh am Fahrradstand.«
Er nahm seine Tasche und schob einige Jungen beiseite. Eine Gasse öffnete sich. Er sprang die Böschung auf der gegenüberliegenden Seite hoch und verschwand in Richtung Stadt.

Am nächsten Morgen lagen tatsächlich viele der eingetauschten Gegenstände am Fahrradstand. Haschi und seine Hagener suchten sich aus, was sie gebrauchen konnten, darunter auch meine wirklich sehr nützliche Brennglaslupe. Meine Zwille musste ich einem kleinen Jungen aus der Nachbarschaft abnehmen.

Die Fetische wurden in die Mülleimer geworfen. Und mit dem nächsten Regen schwemmte der Moorbach einige aus seinem Bett fort.

19

Piele war nicht zu sehen. Er kam an diesem Tag nicht in die Schule und auch nicht an den folgenden.
Aber die Zeit der Fetische sollte noch nicht vorbei sein.

Piele war kein Verlierer. Er war nicht wie die meisten Leute aus der Mühlenstraße. Er hatte früh gelernt, dass er sich holen musste, was andere geschenkt bekamen. Er war nicht nur stark, schnell und mutig. Er war auch klug, gerissen und um Einfälle nie verlegen. Doch noch schien es so, als sei Piele Mucker erledigt.

Das Leben in der Schule normalisierte sich. In den Pausen wurde wieder Fangen gespielt. Fußballspielerbilder aus den Kaugummiautomaten wechselten den Besitzer. Haschi Punte nahm sich für kurze Zeit besonders wichtig. Frau Bootmann und die anderen Lehrer gewannen ihre Autorität zurück. Die Streber lernten brav, die Faulen schrieben die Hausaufgaben ab. Die anderen versuchten nicht aufzufallen.
Das Einzige, was auf Piele Mucker schließen ließ, war die Nachricht, dass Heinrich Langwege, dem Sohn des Bürgermeisters, das nagelneue Sportrennrad gestohlen worden war.

Morgens erwartete Ferdie mich wieder an unserem Treffpunkt am Ende der Siedlung. Noch redeten wir nicht miteinander. Wir gingen schweigend bis zur Schule. Die Furcht vor Piele gab es nicht mehr. Wir näherten uns nun ohne ängstliches Zögern der Mühlenstraße.
Nur wenige gingen jetzt noch zu Fuß zur Schule, der Fahrradständer war immer gut besetzt.

Haschi Punte und seinen Jungen bereitete es keinen Spaß mehr, im Pulk vor der Schule vorzufahren. Einzeln kamen sie an. Haschi musste wieder die Kette an seinem Fahrrad aufziehen und selber in die Pedale treten. Lustlos schlenderte er über den Schulhof und öffnete ungehindert die Schultür.

Alles war ohne Piele und ohne die fiebrige Stimmung des Geschäftemachens öde und langweilig.

Eines Morgens betrat Frau Bootmann die Klasse und schlug wie immer als Erstes ein Kreuzzeichen. Wir sprangen auf und fielen leiernd in ihr Morgengebet ein. Aber was war das? Es kam von draußen, vom Schulhof, schrill und unüberhörbar. Lautes Gebrüll, ein wildes »Eijeijeijeijei«, dazu eine ununterbrochen angeschlagene Fahrradklingel.

Es hörte nicht auf und lenkte uns vom Gebet ab.

Die am Fenster standen, schielten hinaus. Was sie sahen, hielt sie nicht an ihrem Platz. Zunächst möglichst unauffällig rückten sie näher an die Fenster. Die anderen wurden neugierig, reckten die Hälse und verließen ihre Plätze. Frau Bootmann schaute erst grimmig, dann schimpfte sie, fing an zu schreien und versuchte, einige Streber auf ihre Plätze zu zerren. Aber sie konnte den Unterricht nicht beginnen. Alle drängten sich an den Fenstern.

»Eijeijeijeijei!«

Auf dem Schulhof schrie Piele Mucker.

Er saß auf Heinrich Langweges schönem Sportrennrad und schlug die Fahrradklingel an. Er fuhr im Kreis und führte kleine Kunststückchen auf.

Doch die beachtete keiner der Neugierigen, die jetzt in allen Klassen die Fenster aufgerissen hatten und um die besten Plätze kämpften. Denn das Fahrrad zog alle Aufmerksamkeit auf sich.

Zwischen die Radspeichen hatte Piele Fetische geklemmt. Da er sie nach den Farben des Regenbogens angeordnet hatte, flimmerte um die Radnabe ein farbenprächtiger Kranz.

Ich fühlte mein Herz schneller schlagen und wieder die alte Begierde in mir hochsteigen. Unrecht hatte Ferdie gehabt! Seine Worte »Nichts kann man mit ihnen machen, gar nichts« – sie waren falsch, ganz falsch.

Ich und alle anderen Jungen spürten es sofort. Nur so konnte man noch Fahrrad fahren. Und während ich noch aus dem Fenster lehnte, kramte ich in meiner Hosentasche und ertastete meine Zwille mit dem Weckglas-Gummi.

Piele nahm seine Geschäfte wieder auf. Und die gingen so lange gut, bis die Speichen jedes Fahrrads, das einem Jungen unserer Schule gehörte, mit Fetischen besetzt waren.

20

Was aber waren die Dinger nun wirklich? Viel, viel später erfuhr ich das Geheimnis.

In den Jahren meiner Kindheit hatten sich die meisten Familien Schallplattenspieler angeschafft. Gerade Jugendliche kauften sich Schallplatten und hörten sie gemeinsam mit ihren Freunden. In dem Schallplattenwerk, zehn Kilometer vor unserer Stadt gelegen, wurden damals Schallplatten aus Vinyl, einem schwarzen Kunststoff, gepresst. Die kleinen „Singles" genannt, hatten etwas weniger als achtzehn Zentimeter Durchmesser und ein größeres Mittelloch, anders als die damals „LPs" genannten Langspielplatten mit mehr als dreißig Zentimetern Durchmesser.

Jeder Plattenspieler hat in der Mitte einen Dorn. Über diesen Dorn wird das Mittelloch der Langspielplatte gelegt, der so die Platte auf dem sich drehenden Plattenteller festhält.

Die Single-Platten wurden auf denselben Maschinen wie die Langspielplatten mit kleinem Mittelloch gepresst. Nach der Pressung wurden alle Schallplatten in der Mitte mit den bedruckten farbigen Etiketten der verschiedenen großen und kleinen, bekannten und unbekannten Plattenfirmen beklebt. Auf den Etiketten standen auch der Name des Liedes oder des Schallplattenalbums und der Musiker. Erst nachdem auf die Vinyl-Platte das runde farbige Etikett geklebt worden war, stanzte eine Maschine in die Singles die größere Rundung hinein.

Das größere Loch in den Singles war nötig, damit die kleinen Vinyl-Scheiben von den Greifern der Musikbox-Automaten gut auf die großen Dorne von deren Plattentellern gefädelt werden konnten. Musicboxen standen überall in den Gaststätten und Eisdielen.

Die ausgestanzten bunten, unbeschrifteten Mittelstücke der Singles wurden nicht mehr benötigt. Sie landeten auf dem Schuttabladeplatz der Plattenfirma und wurden entsorgt.

Das waren »die Dinger«.

Pieles Vater hatte damals eine Arbeit auf der Müllkippe angenommen, die meine Heimatstadt und unsere Nachbarstadt gemeinsam nutzen. Irgendwann hatte Piele ihn auf der Arbeit besucht und im Abfall herumgestöbert. Ein Lastwagen kam und leerte die Müllbehälter des Plattenwerks aus. Da entdeckte Piele die Scheiben. Wie später jeden von uns versetzten sie ihn in

Aufregung. Bevor die Planierraupe über sie hinwegfuhr und sie mit Sand zudeckte, raffte er so viele er kriegen konnte zusammen und versteckte sie zunächst in einem Kiefernwäldchen neben der ehemaligen Sandkuhle. Am folgenden Tag holte er seinen Schatz mit einem „geliehenen" Fahrrad. Am Morgen darauf fielen sie Ferdie und mir am Bordstein des Klingenhagen vor die Füße.

21

Piele war und blieb auch nach dem Ende des Fetisch-Handels eine geachtete Persönlichkeit, bis eines Tages seine Gegner und Neider zu stark wurden. Doch da war er schon viel älter. Und das ist eine andere Geschichte.

Die Dinger

Nachbemerkung

Vor langer Zeit

Die erste und einzige Ausgabe von Piele Mucker und die Dinger *ist im Jahr 1981 erschienen. In Vechta und umzu war das Buch, das Anfang der 1960er Jahre in der Gegend Klingenhagen, Mühlenstraße, Burgstraße spielt, in diesem Jahr und den Folgejahren ein Erfolg. Mein damaliger Verlag wurde aber ein Jahr später von einem S. Mucker, aufgewachsen in der Vechtaer Mühlenstraße, verklagt. Er glaubte sich in der Titelfigur wiederzufinden. Bei einer launischen Gerichtsverhandlung in Oldenburg wurde auf Rat des Richters ein Vergleich geschlossen. Der Verlag durfte den Rest der Auflage verkaufen. Bei einer Neuauflage hätte das Buch einen anderen Titel bekommen müssen. Das wollte ich nicht. Im Jahr 1983 war die Erstauflage ausverkauft – und davon wohl 3.000 Exemplare allein im Kreis Vechta.*

Vor 43 Jahren hatte ich an einem verlängerten Sommerwochenende im West-Berliner Gartenlokal Golgotha Piele Mucker und die Dinger *hastig niedergeschrieben. Schon sechs Wochen später war es erschienen. Eile war geboten, denn in meinem Verlag war eine Autorin abgesprungen. Und ein weiterer Titel wurde dringend für das Programm gebraucht.*

Für diese Neuausgabe habe ich den Text sprachlich überarbeitet und am Ende versucht, jüngeren Lesern die Phono-Welt der frühen 1960er Jahre zu erklären.

Viele meiner Mitschüler aus der Alexanderschule erinnerten sich bei der Erstausgabe noch an das Geschehen um die Dinger zwei Jahrzehnte zuvor. In vielen Gesprächen stellte ich fest: In ihrer Phantasie mit einem ganz eigenen Ablauf! Das Ereignis gab es zwar, aber den „Plot" – das Handlungsgerüst der Erzählung und die Personenkonstellation von Piele Mucker und die Dinger *habe ich fast frei erfunden. Viele glaubten später, sich in meiner Geschichte auch in ihrer Erinnerung wiederzufinden.*

Die Handlung von Piele Mucker ist eine „Parabel". In den 1970er Jahren lasen linke Studenten wie ich – und auch Studentinnen – die Werke von Karl Marx. Sein Hauptwerk, die drei Bände Das Kapital, *haben wir sogar „exegetisch" studiert – wir entschlüsselten und deuteten es in stundenlangen Seminaren. Das Geschehen in* Piele Mucker und die Dinger *ist eine Parabel, eine literarische Form, die wie ein Gleichnis aufgebaut ist, auf den „Geldfetisch", wie ihn Marx im zweiten Band von* Das Kapital *beschrieben hat.*

Für normal denkende Mensch übrigens völlig unverständlich: „Eine Ware scheint nicht erst Geld zu werden, weil die anderen Waren allseitig ihre Werte in ihr darstellen, sondern sie scheinen umgekehrt allgemein ihre Werte in ihr darzustellen, weil sie Geld ist. Die vermittelnde Bewegung verschwindet in ihrem eignen Resultat und lässt keine Spur zurück. Ohne ihr Zutun finden die Waren ihre eigne Wertgestalt fertig vor als einen außer und neben ihnen existierenden Warenkörper."

Marx verständlich ausgedrückt: „Geld" ist nichts anderes als eine besondere Warenart, in der alle Warenbesitzer den Wert ihrer Waren ausdrücken können. Es ist anders als z. B. „Gold" für nicht anderes nützlich. Geld als unnütze „Ware" ist gegen jede andere Ware austauschbar. Geld ist etwas, das die Produzenten erst im Austausch hervorbringen, wenn sie nicht unmittelbar tauschen z. B. zwei Hühner gegen eine Gans.

Ersetze Geld durch „Dinger" – und siehe da! Irgendwann kollabierte die Geldwährung „Dinger" auf dem Pausenhof der Alexanderschule, weil man beim nahen Bäcker dafür nichts kaufen konnte. Piele Mucker macht am Schluss „Geld" zu „Gold" – die Dinger *zum Schmuck des Wertvollsten, was ein Vechtaer Junge damals besaß – ein Fahrrad!*

Ich habe mich nie für Psychologie interessiert. Für eigene Probleme hatte ich in den ersten sechs Jahrzehnten meines Lebens keine Zeit. Aber heute ist mir klar, dass ich in Piele Mucker und die Dinger *nicht nur Marx in eine Parabel übersetzt, sondern mich auch an zwei Traumata meiner Jugend abgearbeitet habe. Nicht umsonst habe ich es nicht übers Herz gebracht, im Text die Namen „Mucker" und „Bootmann" zu verfremden. Sie waren die „Schrecken meiner Kindheit". Zwei Klassenkameraden haben mir als Sechzigjährige gestanden, dass die überstrenge Lehrerin sie noch heute in Ihren Träumen heimsucht. Mich auch. Mit Piele Mucker aber komme ich schon seit Langem klar.*

Hermann Pölking, 2024